당신도 아는 이야기

김강물 소설

당신도 아는 이야기

차례

1 초파리를 잡기 힘든 이유

　　버스 정류장 온열 의자에는 보통 사람들은 모르는 비밀이 있는 게 분명하다. 그렇지 않고서야 겨울엔 따뜻하고 여름엔 시원한 이 의자가 볼 때마다 비어 있을 리가 없으니까.

　　퇴근길 버스 정류장은 붐볐고, 피곤한 사람들은 조금이라도 빨리 가기 위해 인도 끝에 몰려 서 있었다. 늦여름이었고, 아직 해가 질 기미는 보이지 않았으며, 더운 바람이 머리칼을 스치고 지나갔다.

　　주동시는 아직은 시원한 온열 의자에 앉아 실은 의자가 엄청나게 더러운 게 아닐까 싶어 살짝 훑어보았다. 먼지가 조금 묻어나지만 앉기에는 충분했다. 동시는 손가락을 문질거리며 생각했다. 혹시 여기 앉으면 어떤 저주라도 걸리는 게 아닐까, 그래서 다른 사람들은 다 알고서 앉지 않은 걸까. 충분히 가능성 있는 이야기였다. 남들은 다 아는 것들을 동시는 너무나 모르고 살았다. 당연한 세상의 이치나 질서, 남들은 나이와 함께 자연스럽게 얻는 듯한 것들을 동시는 자주, 많이 몰랐다. 다들 취직해서 자기 살길 찾아가는데 동시는 별 이룬 것도 없이 각종 청년 지원 사업에서 나이제한에 걸리기 시작한 참이었다. 바지 주머니에서 진동이 울렸다. '선생님 약속못지켜서…'로 시작하는 문자가 상단에 떴다. 동시는 문자를 확인하지 않은 채 휴대폰 화면을 끈 후 가방에 넣었다.

동시에게도 변화가 있을 뻔했다. 근 5년 만에 과외를 구해 돈을 벌기 시작했다. 그런데 오늘 그 수입원이 끝나 버렸다. 과외생이 말한 '약속' 때문에.

비록 24만 원에 월세도 못 낼 돈이었지만, 동시는 억만금을 잃은 기분으로 앉아 있었다. 하필 퇴근 시간이어서 온종일 노동한 사람들 사이에 섞여 있어야 하는 것도 고역이었다. 동시는 장바구니에 넣어 두었던 물품 24개 중 가장 포기의 무게가 가벼운 것들을 골라

냈다. 나만 대체 뭘 모르고 있는 거지.

"왜 초파리를 잡기 어려운지 알아?"

동시가 단말마의 비명을 질렀다. 텅 빈 눈으로 가장 먼저 노란색 크로스백을 덜어 내던 동시의 귓가에 숨소리와 함께 마른 목소리가 울렸다. 머릿속 장바구니를 뒤적거리느라 옆에 앉는 기척조차 느끼지 못했다.

한 뼘 정도 거리를 두고 깡마른 노파가 목을 쭉 빼고 앉아 있었다. 동시는 눈동자를 빠르게 굴렸다. 좋게 말하자면 순하고 솔직하게 말하자면 만만해 보이는 인상 때문에 평소에도 쉽게 말을 걸어오는 사람들이 많았다. 익숙한 일이었지만 오늘은 왠지 정류장에 자신만 툭 튀는 사람인 걸 들킨 것 같아 울컥했다.

그래, 방심했다. 이어폰을 끼고 세상과 단절해도 그 틈을 파고 들어와 자기들이 숭배하는 세계에 대해 얘기해 보자는 사람들이 천지인 세상에서 이어폰도 안 끼고 핸드폰도 안 보고 있었다니, 얼마나 반가운 먹잇감이었을까.

성실하게 익힌 '앞에서 어떤 일이 일어나든 다른 세상에 있는 것처럼' 대처 방법은 비명을 지른 순간 사용할 수 없게 됐다. 대화의 물꼬가 터진 것이나 마찬가지였다. 방금까지 노동을 하고 온 사람들은 피곤했고, 그래서 매정했다. 퇴근길도 엄연히 노동의 일부였다. 오히려 노파가 노리는 목표물이 있기에, 종일 시달린 '이슈' 끝에 다른 이슈를 더할 일 없이 돌아갈 수 있다는 점에서 안도하고 있었다.

동시는 이미 망했지만 최후의 방법을 쓰기로 했다. 목을 정류장 바깥으로 빼서 버스가 오나 안 오나 살피기 시작했다. 아무 일도 없었던 것처럼. 갑자기 획 일어난다거나 하는 돌발 행동은 하지 않는다. 이 많은 사람 사이에서 혼자만 마스크를 쓰지 않은, 낯선 이에게 초파리에 대해 얘기하는 사람을 자극해서 좋을 것이 없었다. 슬쩍 본 버스 배차 안내 화면에 도착 시간이 11분이나 남아 있었다. 노파는 반 뼘 옆으로 다가왔다. 미세한 불 냄새가 마스크를 뚫고 들어왔다.

"초파리. 왜. 잡기. 어려운지. 아느냐고."

어버이 날 기르시고, 1호선 날 단련시켰다. 미세한 펄이 자글거리는 파란 바닥에 그보다 더 진한 파란색 꿉꿉한 천 의자에 앉아서도 겪어 보지 못한 레퍼토리다. 그 순간 동시는 집 곳곳에 설치해 둔 초파리 트랩이 떠올랐다. 초파리가 한 마리도 잡히지 않았던. 하지만 여기서 그 이유를 궁금해한다면 노파에게 말려드는 것이다. 동시는 프로페셔널하게 텅 빈 눈을 유지한다. 이건 일종의 연기다. 수강 신청 실패로 들었던 기초 연기I 수업을 기억하자. 나는 지금 평정심을 유지해야 하는 오르페우스…

"악!"

동시가 최고의 연기를 시작하려는데, 노파의 얼굴이 불쑥 무대 안으로 침범했다. 얼마나 가까이 다가왔는지, 동시의 마스크 부리가 노인의 코에 눌린다.

타인의 얼굴을 이렇게 가까이 대면한 건 2년 10개월 전 키스가 마지막이었는데. 동시는 보통의 사회적 관계망 안에선 들어오지 않는 물리적 거리 안으로 불쑥 들어온 노파의 얼굴을 마주했다. 부리부리한 눈과 깊게 팬 눈 밑 주름, 그리고 유독 심하게 탄 이마. 노파의 얼굴이 그간 맡았던 역할을 채 설명해 주기도 전에 동시는 눈길을 사선으로 피해 버렸다. 내려간 시선 끝에 붕대를 감은 손이 보였다. 상체를 뒤로 빼며 자리를 피하려 하는 순간, 바싹 말라 물기 없는 노인의 입술이 다시 쩍 벌어졌다.

"왜 나를 무시해."

무시한 게 아닌데요, 하기엔 무시하고 있었다. 못 들었다고 거짓말하면 저 건조한 입술로 머리부터 삼켜 버릴 것 같았다. 그러면 이제 동시의 목소리로 초파리를 왜 잡기 힘든 줄 아느냐고 묻고 다니겠지. 동시는 노파의 얼굴에서 자신의 목소리가 나오는 모습을 상상하며 최대한 빨리 머리를 굴렸다.

"생…각 중이었어요."

노파가 눈을 더 부릅떴다.

"생각 중!이었다고요…"

노파는 다시 동시 옆에 털썩 앉았다. 동시는 노파가 들리지 않을 정도로 작게 안도의 한숨을 내쉬었다. 가까이에서 보니 머리카락 한 올 내려오지 않게 쪽찐 머리가 눈에 들어왔다.

"말해 봐, 그럼."

"그야 작으니까 그렇겠죠. 게다가 빠르니까 잘 보이지도 않고."

"흥, 재미없어."

난센스 점수가 있었다면 미리 말씀해 주셨어야죠. 순간 동시의 황당함이 두려움을 덮는다.

"그럼 왜 잡기 힘든데요?"

노파는 동시를 빤히 들여다봤다. 동시도 지기 싫어져 빤히 쳐다봤다. 재미없기만 해 봐라. 이내 노파의 입술이 열렸다. 갈라진 입술 사이에서 갈라진 목소리가 흘러나왔다.

"정말 알고 싶어?"

노파의 목소리는 오묘한 데가 있었다. 목소리 틈으로 떨어지면 평생 기어 올라와야만 할 것 같았다. 게다가 눈빛은 힘을 주지 않아도 비장한 분위기를 풍겼다. 그런 눈빛은 고급 연기 수업에선 배울 수 있었을까. 동시는 어설프게 그 눈빛을 흉내 내어 노려보고, 괜히 턱을 들어 보이기도 한다. 그래 봤자 공격력은 0에 수렴하지만.

"얼마나 재밌는지 궁금하네요!"

"초파리는 말이야… 그냥 작고 빠른 게 아니야. 걔가 눈앞에서 거치적거려서 잡으려고 하면 잡히느냐고. 그래서 어딘가 앉을 때까지 끝까지 봐야 하는데 갑자기 슝 사라졌다가 쩌어쪽에서 쓩 하고 날아온단 말이지. 지들 맘대로."

마치 당장 눈앞의 초파리를 놓친 사람 같았다.

"그건 저도 아는 얘긴데요."

노파가 비웃음으로 입을 연다. 진짜는 지금부터라는 듯.

"그게 왜 그러느냐면, 개네는… 지맥을 접어 움직여."

"뭐라고요?"

"너한텐 어렵냐? 순간 이동 한다고. 축지법. 몰라? 그 애들이 순간 이동을 하면 순간이 동하지. 아름답지 않으냐?"

마스크를 쓴 동시가 보이지도 않을 억지 미소를 지었다. 떨떠름한 동시의 표정을 본 노파의 말이 조금 빨라졌다.

"개네가 쓰는 시공간이 따로 있어서 위험할 때 다른 공간으로 이동을 했다가 다시 나타나는 거라고!"

"와… 대단한데요?"

"답답허네. 가서 보라고. 초파리가 쭈우우욱 일직선으로 나는 걸 본 적 있어?! 눈앞에서 거치적거리던 게 갑자기 사라져서 손가락 밑으로 나와. 그릇 위에 있다가도 잡으려고 보면 저 창문에 가서 붙어 있다고!"

생각보다 상상력이 풍부한 할머니네, 하고 넘기려

했지만 노파가 진짜 억울해 보였다. 처절해 보이고, 울분을 터트리는 것 같기도 했다. 스트레스가 심한가 보다, 생각할 때 저 멀리 파란색 77번 버스가 들어왔다. 동시가 기계적으로 답했다.

"네, 알겠어요, 할머니. 그런 것이었군요. 깜짝 놀랐어요. 알려 주셔서 감사합니다. 그럼 전 버스가 와서 이만. 안녕히 계세요."

꾸벅 인사를 하고 일어나는 동시, 버스 앞에 늘어선 줄 맨 뒤에서 남은 좌석을 가늠해 보며 앉아서 갈 수 있을까 헛된 희망을 품는다.

"야!"

이번엔 줄 선 승객 대다수가 돌아본다. 노파는 그 자리에 영원히 붙어 버린 것처럼 앉아 소리친다.

"너 서울 사람 아니지?"

"예에?"

동시는 재빠르게 아니라고 답해야 할 타이밍을 놓쳤다.

"야!"

"아, 왜요!"

"나 할머니 아니야. 그리고 너 이 얘기…"

동시는 앞의 말에 놀라고, 뒤의 말은 놀라울 정도로 뭐라고 하는지 들리지 않았다. 되물으려 했지만 뒤로 붙은 승객들의 성화에 버스에 올라탔다. 과외생과 교복이 같은 중학생이 좌석에 앉았고, 그 앞에 서 있을 자리를 겨우 마련했다. 버스가 출발하고 사람들이 서로가 서로를 불쾌해하며 자기 자리를 찾아갔다. 의자 손잡이를 꽉 잡는데, 창밖 정류장에는 텅 빈 의자만 남아 있다.

* * *

"무주 복숭아가 왔어요. 달크으으은하고 시워어어어어언한 갓 따온 복숭아가 왔어요."

작가 지망생은 눈을 떴다. 그 모습을 직접 봤다면 지문에 (눈을 번뜩 뜬다) 혹은 (계시라도 받은 것처럼 눈을 뜨는) 이라고 썼을 것이다. 지망생은 그 상태로 팔만 들어 머리맡을 더듬거렸지만 종이나 펜, 휴대폰도 잡히지 않았다. 작가 지망생은 책상에 펼쳐져 있는 아이디어 노트를 찾는다. 방금 꾼 엄청난 꿈을 반드시 적어

뒤야만 한다. 잊어버리기 전에. 세상에 내놓으면 그 즉시 너나 할 것 없이 제작하겠다고 나서고, 넷플릭스에서 연락이 오며, 공개 즉시 세계 순위 상위권에 오를 만한, 어디서도 본 적 없는 그런 신선하고 완벽한 이야기였다.

지금 가장 중요한 건 꿈을 최대한 그대로 옮겨 놓는 것이었다. 어떤 현실의 것도 침범하기 전에. 작가 지망생은 기억이 휘발될 행동을 모두 소거하고 책상까지 단숨에 기어간다. 작가 지망생은 침대가 없다. 하지만 이젠 아니다. 이 이야기가 세상에 나온다면, 침대 같은 건 일주일에 한 번이라도 새로 살 수 있다. 매트리스도 오늘의 집 가격 높은 순 정렬로… 아, 선생님께서 이런 불순한 마음을 가지고 작가 할 생각이면 접으라고 하셨는데. 그땐 잠도 못 자고, 쓰면서 힘들어도 의욕은 넘쳤는데. 작가 지망생이 갑자기 코를 쓱 훔치며 과거의 추억에 잠기려다 다시 정신을 차렸다. 밀려오는 잡생각은 이 완벽한 세계를 구현한 후에 해도 충분하다. 넷플릭스 월드 차트 순위권으로 인도해 줄 펜과 노트 앞에서 작가 지망생이 벅찬 기분을 잠시 누르고, 격자무늬 A5 사이즈의 양장 노트에 희대의 역작의 시작점을 찍는 순간.

"무주 복숭아가 왔어요. 달크으으은하고 시워어 어어어언한 갓 따온 복숭아가 왔어요."

역작이 될 단초를 풀어놓기도 전에 복숭아 트럭의 기계음 섞인 목소리가 귓전을 타고 들어와 외이도를 거쳐 사고 회로 속까지 들어왔다. …딱복일까? 아니, 안 된다. 지망생은 눈을 감고 미간을 잔뜩 찌푸린 채로 꿈 내용을 복기하기 위해 온 신경을 집중한다.

꿈에서 나는…

"무주 복숭아가 왔어요. 달크으으은하고 시워어 어어어언한 갓 따온 복숭아가 왔어요."

복숭아 트럭의 멘트는 강력했고 발음은 정확했으며 심지어 말의 리듬은 심금을 울렸다. 게다가 집요했다. 노트에는 신경질적으로 찍힌 점만 늘어 가고, 작가 지망생은 기도하듯 눈을 꼭 감고 마지막으로 기를 끌어모은다. 제발, 물복인지 딱복인지도 모르는 복숭아 때문에 오직 나를 위해 준비된 완벽한 플롯의 이야기를 놓쳐서는 안 된다. 일단 다 적기는 포기하고 키워드 위주로 정리하면…

"무주 복숭ㅇ……"

작가 지망생은 신경질적으로 펜을 집어 던졌다. 에이씨, 안 해. 바닥에 모로 누워 핸드폰을 집어 드니 작가 지망생의 친구 감독 지망생에게 연락이 와 있다. 벌써 자냐? 4:05 a.m. 여덟 시간 전에 도착한 문자였다.

답장을 하려는데 현관 도어락 소리가 울렸다. 작가 지망생의 엄마다.

"웬일로 벌써 일어났냐?"

"어디 갔다 와… 날 두고…"

"복숭아가 벌써 나왔다고 해서 가 보니까 아무것도 없데?"

"무주 복숭아가 왔어요. 달크으으은하고 시워워 웍웍. 지지직. 나다, 정심한. 천1-00823 천기 우연 청취자 복기 포기로 누설 방지 완료."

작가 지망생이 우리 동네에 언제부터 과일 트럭이 왔었나 생각에 잠긴 동안, 정차한 파란색 다마스 운전석의 정심한이 심드렁한 표정으로 보고하고 있었다.

손 닿으면 부스러질 것 같은 오래된 족자부터 플라스틱 파일철까지 각종 서류들과 널려 있는 심한의 옷가지. 지저분하지만 일반 소형 용달차와 크게 달라

보이지 않는 내부라고 생각할 법한 순간, 트럭 차체에서 후배 초연의 목소리가 울렸다.

"확인했어요, 선배님. 보고 올리고 꿈 담당 팀에 연계할게요."

옆에 있지 않은 게 다행이라고 생각될 정도로 심한의 얼굴에는 짜증이 가득했다.

"딱 봐도 우연 청취자가 아닌데 뻔뻔하게도 보고 했지?"

"꿈 담당자들이 자기 인간 성공시키겠다고 천계 시스템을 그대로 흘렸나 봐요. 원래는 규칙적으로 오전 6시에 자던 사람인데 간만에 일찍 자서 꿈 경비 가기도 전에 흘려 버린 것 같습니다."

"그럼 느이들이 처리하지 왜 바쁜 나까지 끌어들이냐고."

"프로께서 마침 딱 서울 올라오신 거 봤는데 어찌합니까? 그리고 천1급인데! 급한데! 해 주실 거면서 말이 많아."

"너희 때문에 지금 내 계획이 얼마나 틀어졌는지 알아? 야, 됐고, 걔네 나한테 내려보내. 지들이 굴러 봐야 알지."

초연은 별 대꾸가 없었다. 심한도 딱히 어떤 대답을 기대하고 한 말은 아니었다. 심한이 찾는 건 꿈 담당들의 과오 같은 게 아니었다. 초연에게 뭐라고 입을 계속 놀리며 카세트테이프를 뺐다. 다 닳아 지저분해져서 '복숭아'라는 글씨를 겨우 알아볼 정도였다.

"레퍼토리도 변하질 않아. 내가 50년 전에 녹음한 걸 그대로 쓰고 있어. 왜? 너무 바쁘거든. 녹음할 시간이 없는 거야. 팀원이 하나라도 있으면 돌아다니면서 녹음이라도 하겠지. 내가 찾아 달라는 건 어떻게 됐어?"

"선배님."

"또 공적 목소리 내네."

"자1-00007 누설 레이더 잡혔는데요."

"어쩌라고."

"팀장님이 찾던 좌표랑 비슷해요."

"찍어."

한숨을 쉰 심한이 전조등을 밝히고 낡은 서류를 뒤적거렸다. 차 앞 유리에 붉은 목표점이 생겼고 심한이 몇 번 두드리자 차가 부드럽게 굴러가기 시작했다.

* * *

　동시는 젖은 머리로 선풍기 앞에 앉았다. 고개를 숙여 머리를 말리다, 선반 위에 올려 둔 초파리 트랩이 눈에 들어왔다. 플라스틱 주스 병 안에 참외 껍질을 넣어 만든 조악한 모양새다. 운이 없던 한 마리만 그 안에서 힘없이 비척거리고, 다른 초파리들은 자유롭게 날아다니며 동시의 신경을 건드리고 있다.

　언니가 갑자기 전공의를 하겠다고 대전으로 가면서 물려준 원룸은 깔끔했다. 까탈스러운 언니 덕에 받은 수혜였다. 게다가 (무슨 상관인지 모르겠지만) 의대생이라고 월세를 3만 원 깎아 주었다고 했다. 다만 여름이면 초파리가 끊이질 않았다. 언니는 바빠서 방에서 지낸 시간도 얼마 되지 않았고, 모니터 겸용으로 쓰는 TV는 아마 언니가 쓴 6년보다 동시가 근 3년간 본 시간이 많았을 것이다. 주로 예능이나 영화, 어렸을 때부터 봤던 애니메이션을 생활 소음으로 틀어 놓았는데, 과외를 시작하고는 뉴스 채널을 틀어 놓는 시간이 늘었다. 혹시 논술까지 가르치게 될지 모르니까. 이제는 물 건너갔지만.

뉴스에선 대통령의 최측근이라고 자신을 소개하는 교수 출신 정치인이 최근에 낸 자서전 얘기를 한다. 교수 출신이면서 정치인이면서 대통령의 최측근인 작가는 추천사를 써 준 유력 인사를 소개했다. 그가 떠나고 뉴스에서는 최근 많아진 벌레에 대한 소식과 추석 기차 편 예매가 시작된다는 꼭지가 차례로 나왔다. 그제야 동시의 시선이 뉴스 화면으로 향했다. 가야 할까. 그전까지는 안 간다고 통보하면 그만이었다. 뭘 이루기 전까진 절대 집에 안 내려갈 거라고. 그런데 부모님이 니트족이라는 말을 시사 프로에서 봤고, 내년이면 나이의 앞자리가 바뀐다는 상황은 그전과는 다른 국면에 처하게 했다. 알바천국이나 다시 볼까 했는데 전화가 울렸다. '주현 어머니'.

오늘 동시를 해고한 과외생의 엄마다. 남은 과외 횟수가 한 번 있었는데. 환불 전화일까. 돌려주지 않으면 어떤 처벌을 받나. 동시는 울리는 휴대폰을 한참 바라보다가 통화 버튼을 눌렀다. 전화를 받자마자 날카로운 음성이 울렸다.

"주쌤 그렇게 안 봤는데 참, 사람 왜 그래요?"

"네? 무슨 말씀이신지…"

"우리 애 꼬드겨서 수업 계속할 심산인가 본데!"

"어머니, 알아듣게 말씀해 주세요."

해고 통보 때도 으레 짓는 안타깝게 됐다는 표정조차 보이지 않았던 주현 엄마의 목소리가 떨리고 있었다.

"우리 애 지금 옆에 없어요?"

엄마는 내 소중함을 아주오랫동안 몰랐지 내가뜯겨나가면그땐알수있을까? 엄마말처럼 난거스러미야 뜯길때엄청아프거든 어딨는지찾지마 알수없을테니까.

주현이 사라졌다. 이상한 문자만 남기고.

2 과외생 김주현

"아버지를 아버지라 부르지 못하고, 형을 형이라 부르지 못했어. 이걸 뭐라고 해?"

"출생의 비밀?"

돌이켜 보면 못 부르는 게 아니라 부르는 게 뭐냐고 물었어야 했는데.

"후… 그럼 왜 홍길동이가 아버지를 아버지라고 부르지 못하고, 형을 형이라 부르지 못한 거야?"

"사정이 있지 않았을까요? 사정 없는 집이 어디 있겠어요."

지금 생각해 보면 주현이는 틀린 말을 하는 아이는 아니었다.

"아버지가 아니라 엄마였나?"

아닌가?

어쨌든, 동시의 첫 과외생이자 마지막 과외생이 된 열여섯 살 주현이 공부에 큰 뜻이 없었던 건 확실했다. 주현의 부모님은 한국의 입시 과열 현상은 결국 부모의 욕심이라며 안티 사교육 방침과 '건강하게만 자라거라' 하는 신념을 바탕으로 양육에 임했다. 문제는 주현의 오빠가 사교육 한 번 없이 서울대학교에 합격하면서 벌어졌다. 노골적인 선망과 은은한 시기에 김주현의 부모는 처음 느껴 보는 아드레날린이 솟구쳤다. 놓치고 싶지 않았고, 주현은 졸지에 그런 대우를 계속 이어 줄 두 번째 총알이 되었다.

처음 받아 보는 대우가 좋았나 보지? 그것이 주현의 소회였다.

동시는 두 번째 총알이 어떤 심정으로 살아가는지 잘 알았다. 동시가 과외를 맡을 수 있었던 것도 그 타이틀이 한몫해 주었다. 주현의 부모는 일전에 안티 사교육에 대한 열의가 너무 뛰어났기에 낯 뜨겁게 주현을 학원에 보낼 수는 없었다. 유명한 과외 선생도 같은 이유로 모시기 힘들었다. 비싼 인터넷 강의를 끊어

췄더니 '인강 듣는 척 노래 듣는 플레이리스트'를 알차게 활용 중이었다. 그래서 안 유명한 과외 선생 위주로 구했는데, 그마저도 여러 번 바뀌었다. 목소리가 졸리다, 콧구멍이 너무 깊어 보여서 집중이 안 된다 등 주현이 트집을 잡아 바꿔 달라고 난리를 치고, 과외 선생들도 주현을 감당하기 힘들어하며 떠나갔다. 애초에 주현의 패악을 참아 줄 정도의 과외비도 아니었다. 그래서 동시에게까지 순서가 온 것이다.

오랜만에 해를 보러 밖으로 나왔는데 집주인과 주현의 엄마가 건물 입구에서 얘기 중이었다. 어슬렁거리며 나오는 동시를 발견한 집주인이 새로운 이야깃거리를 찾아 만족스럽게 말했다.

"언니가 서울대잖아, 의대!"

"우리 큰아들돈데."

사실 아무 상관도 없는 관계지만 주현의 엄마는 갑자기 동시와 사돈이라도 된 듯 친밀감을 느꼈다. 그렇게 동시는 얼결에 걸음마 시작하듯 과외를 시작했다. 주현의 부모는 과외 경험이 없다며 첫 달엔 전체 금액도 주지 않겠다고 선언했다.

국어와 사회 과목을 맡았다가 주현이 놀라울 정

도로 수학을 못했기에, 동시가 조금 공부해서도 가르칠 수 있을 정도였다. 결국 선심 쓰듯 과외비를 조금 올려 주었지만, 두 번의 시험을 거치는 동안 주현의 점수는 아무런 변화가 없었다. 주현의 엄마는 초조해졌다. 주현이 전처럼 과외 선생 바꾸려고 난리를 치지도 않았다. 그래서 확실한 방법을 쓰기로 했다. 국어 80점과 사회 60점. 이 점수를 못 넘기면 과외는 끝이라는 엄포에 주현은 처음으로 시험 준비를 시작했다. 선생님을 위해 한다고 했지만, 동시는 주현이 자신과 있고 싶은 스스로를 위해 공부한다는 사실을 알고 있었다. 뭐, 아무래도 좋았다.

주현은 난생처음으로 시험 점수가 궁금해졌다. 가채점 결과, 국어 85점. 공부는 못해도 책은 읽으라 했던 교육 방침이 빛을 발한 순간이었다. 문제는 사회였다. 동시는 일단 맞은 것보다 틀린 걸 계산하는 게 빠르다는 점에서 안도했다. 전체 채점 후에 틀린 문제의 배점을 빼 나갔다. 77, 74, 70, 68, 65, 62… 틀린 문제는 더 없었다. 동시는 순간 눈물이 날 뻔했다. 자기가 가르친 주현에게도 혹시나 같은 저주가 되풀이되지 않을까 내심 걱정하고 있었다.

동시는 기념으로 주현의 학교 앞에 찾아가 떡볶이를 사 줬다. 동시가 김말이를 떡볶이 국물에 빠뜨려 놓는 것을 가만히 보더니 똑같이 따라 했다. 그리고 가장 좋아하는 학교 선생님과 가장 좋다가도 세상에서 가장 미워지는 친구에 대해, 그 친구와 함께 좋아한다는 (동시가 처음 들어 보는) 아이돌 가수에 대해, 그리고 인터넷에서 만난 좋아하는 상대에 대해 조심스럽게 흘렸다.

"그런데 선생님, 커트라인 넘겨서 좋은 거 아니었어요?"

"당연히 좋지. 왜?"

"자꾸 고독한 표정을 짓잖아요."

주현이는 역시나 틀린 말을 하는 아이가 아니었다. 뭔가를 성취한 사람에게 거리감을 느끼는 것은 동시의 오래된 습성이었다. 희석되지 않는 부러움과 질투심, 그리고 자괴감은 오랫동안 주저앉아 있던 동시의 어깨를 지그시 눌렀다.

주현이 그 마음을 언뜻 간파한 것이다. 동시는 주현이가 '요즘 애들' 같지 않은 면이 있다고 생각했다. 처음에 친해지려고 괜히 "너 인싸 그 잡채구나" 하고 말했을 때 싸해졌던 분위기를 잊을 수 없었다. 주현은 말이 흩어진다고 생각하면 어쩔 줄 모르다가도 그런 말을 들으면 흩어짐이 다행일 수도, 라고 했다. 부모는 주현의 중2병이 쉽사리 낫지 않는다고 했지만, 동시는 느끼하고 멋지다고 생각했다. 왕가위 영화를 좋아해서 저렇게 말하는 건가? 주현이 왕가위 영화 중 뭐가 가장 좋은지 물었을 때, 동시는 선생님 체면에 하나도 안 봤다고 말하면 안 될 것만 같아 가장 많이 들어 본 〈중경삼림〉이라고 답했다. 어떤 점이 가장 좋았는지 묻자 "장국영이 멋있던데?" 했다. 주현은 콜라를 마시고 그러냐고 했다. 딱히 할 말이 없어서 "나는 다르덴 형제 좋아해" 하고 덧붙였다. 사실 한 편밖에 안 봤지만.

주현이 그 좋은 대학 나왔다는 선생들을 다 제쳐 두고 왜 나한테 배우는지 묻고 싶었다. 동시는 우여곡절 끝에 갔지만, 중학생 눈에 지방 국립대학교가 눈에 찰 리도 없을 텐데. 요즘 학생들은 또 현실적인가? 뾰족한 답을 찾지 못했는데, 떡볶이를 함께 먹은 그날 동시는 이유를 알았다. 주현은 과외 선생이 아니라 언니가 필요했다. 그래서 수많은 언니 후보를 갈아 치우면서 자신만의 언니 찾기 서바이벌 프로그램을 진행했던 것이다. 동시는 주현의 언니 서바이벌에서 살아남은 게 나쁘지 않았다. 무엇보다 그 나이에 언니가 얼마나 필요한지 알고 있었다. 안타깝게도 동시와 주현 모두에게 주어지지 않았던.

하지만 서바이벌 프로그램이 종종 그렇듯 열정이 탈락을 막을 순 없었다. 동시의 서바이벌은 뜬금없이 종료됐다. 사회 점수 62점에 문제가 생겼다. 애초에 주현이 들고 온 깨끗한 시험지로 가채점을 진행했었다. 답안지에 쓰기 전에 시험지에 풀어야 한다고 주의를 주며 하나하나 물었다. 이거 뭐라고 썼어? 틀렸네. 이건? 오, 헷갈렸을 텐데 잘했어. 빨간색 연필로 62점이라고 자랑스럽게 써 놨는데, 성적표에 적힌 숫자는 59였다. 커트라인에서 딱 1점 모자란.

[주3] 고려 말 이성계가 조민수 등과 함께 요동 정벌을 포기하고 고려로 돌아가 최영 세력을 진압하고 고려의 정권을 장악했다. 이 사건을 무엇이라고 하는가?

"위화도 회군이라고 썼다며! 맞는데?"

"그게 답은 맞는데요."

"채점이 잘못된 거 아니야?"

주현은 학교에서 찍어 온 주관식 답안지 사진을 보여 준다. 주현의 엄마가 주관식 3번의 답란을 재빠르게 확대했다.

'위아더회군'.

동시는 할 말을 잃었다. 조용한 공간에 주현 엄마의 헛웃음 소리가 울렸다. 동시는 위아더회군 이 다섯 글자만 뚫어지게 바라보며 할 말을 계속 고르다 입술을 떼었다.

"…부분 점수 없대?"

회군은 맞잖아. 따지고 보면 이성계랑 조민수랑 수많은 군사가 함께 회군했으니까 We are the 회군일 수 있잖아?

말을 할수록 더 우스워졌다. 동시의 말이 빨라졌다. 그러니까 왜 또 1점이냐고. 딱 1점만, 1점만 더 주면 안 되냐고. 동시는 처음으로 주현이 앞에서 목소리를 높였다. 흥분한 상태로 좀 더 하면 가능할 거라고 주현 엄마 앞에 읍소를 하다가, 마지막 수단으로 무너지는 마음을 숨기고 봉합하는 기분으로 멋쩍은 웃음을 선택했다. 하지만 동시의 미소 같은 건 3점짜리 주관식 문제보다, 1점짜리 사회 점수보다 낮은 것이었다.

주현아, 너는 홍길동이 사정은 봐주면서 왜 내 사정은 봐주질 않은 거니.

그러고 돌아온 참이었다. 겨우 돌아와 씻고 일상인 척을 하고 있었단 말이다. 주현 엄마 목소리가 아직도 귓전을 울렸다. 동시는 주현에게 전화를 걸었지만, 신호음이 금방 끊겼다. 아까 확인하지 않았던 문자 메시지를 열었다. 너무 길어 전체 보기를 눌러야 하는 길이였다.

선생님 약속못지켜서 미안해요 내가 사회쌤한테 부분점수달라고 교무실에 드러누워도보고 수학에서 1점만떼달라고도 해봤는데안된대요 생각해보면 고려인데 위아더회군은영언데 왜그땐 그생각을못했을까요?난진짜쓸모없고한심한가봐요 왜 답은항상지나고나서 알게될까요

미리좀답을알면좋을텐데 나쌤진짜.좋았는데 쌤은모르겠지만

모를 리가 없었다. 주현의 목소리가 올망졸망 들리는 듯했다. 동시가 아무리 나이를 공으로 먹었다고 해도 열 살이 넘게 차이가 났다. 그렇게 똑 부러진다고 해도 애는 앤데. 동시는 오타를 바라보며 걱정이 커지기 시작했다. 아까 본 나쁜 뉴스도, 인터넷에서 만났다는 사람도 갑자기 떠오른다. 떡볶이집에서 나눴던 주현과의 대화를 곱씹는데, 왓챠피디아에서 알림 메시지가 왔다. '회원님이 보고 싶어 하셨던 영화 〈중경삼림〉이 재개봉했어요!' 하필. 동시는 알림창을 눌렀다. 그러곤 입술을 깨물었다. 〈중경삼림〉에는 장국영이 나오질 않는다.

〈중경삼림〉의 등장인물 목록을 살피면서도, 수학 선생님께 가서 점수 1점만 사회로 빼 달라고 애원하는 주현의 모습이 눈앞에 그려졌다. 동시는 돌아가는 선풍기를 끄고 벗어 둔 외출복을 다시 입었다. 주현이는 호형호제도 모르고 위화도 회군도 모르지만 틀린 말을 하는 아이는 아니다. 그래서 무서워졌다. 그 애가 사라지겠다고 했다면, 진짜 사라질지도 모른다.

* * *

　동시는 학원가에서 가장 큰 건물을 바라보았다. 유아 영어에서부터 초중고등학교 내신과 수능 대비, 재수 학원에서 면접 준비까지. 한 인간이 태어나 이 건물에서만 모든 교육을 다 받을 수 있을 것 같았다. 동시는 건물의 질서를 해치지 않으면서도 가장 튀기 위해 노력 중인 간판들을 책의 목차처럼 빤히 쳐다보았다. 주현에게 떡볶이를 사 줄 때 했던 대화를 떠올렸다.

　"그럼 학원은 아예 안 다녔던 거야?"

　"네. 저기 학원가에 젤 큰 건물 있거든요? 처음엔 그냥 거기 보내 달랬는데 절대 안 된다잖아요."

　"남들이 볼까 봐?"

　"네. 걔가 거기 다닌다고 해서 같이 다니려고 했는데. 어필도 엄청나게 했어요. 미국 대통령 이름 학원인데 진짜 잘 가르치지 않겠냐고."

　이 말을 끝으로 김말이를 자르다 떡볶이 국물이 사방으로 튀어서 대화는 종료됐었다. 여기서 '걔'는 주현이 미워하면서도 가장 좋아하던 친구였고, 안타깝게도 이름은 기억나지 않았다. 주현이 사진을 보여 주었으나 애석하게도 교복 입은 학생들 사이에서 가려낼 수가 없었다.

단서는 학원가에서 가장 큰 학원, 그리고 미국 대통령 이름의 학원이었다. 쉬울 거라 생각했던 동시는 학원 앞에서 예상 밖의 난관을 마주했다.

프랭클린 어학원, 링컨 교습소, 워싱턴 잉글리시, 케네디 수학 학원⋯ 백악관이 목동에 있었네. 동시는 미국 역대 대통령들 사이에 주현의 친구가 다니는 곳을 골라내야 했다. 주현이가 프랭클린을 알까? 지미 아카테미는 후보에서 제외된 지 오래였다.

동시는 학원으로 올라갔다. 아무래도 링컨이 대중적이지, 하고 들어갔는데 초등학생들이 있었다. 게다가 적용 면적보다 많은 학생을 두어 외부인의 출입을 극히 꺼리고 있었다.

그렇다면 워싱턴? 케네디? 순서대로 가 보려고 하는데, 아이들이 우르르 밖으로 나오기 시작했다. 마음이 급해졌다. 우르르 나오는 아이들 사이에서 주현과 같은 교복도 발견한다. 동시는 급하게 교복을 붙잡고 혹시 주현이 알아? 하고 물었다. 다섯 번째 학생이 뭐야? 하고 팔을 뿌리쳤다. 이대로라면 주현의 친구도 집으로 돌아갈 것만 같은데. 목소리도 자신감을 잃어 가고 있었다. 결국 떡볶이를 먹던 그날로 돌아가 본다. 주현이 친구랑 친해졌다는 이유. 목을 가다듬었다.

"와이더 좋아하는 사람!"

BTS도 세븐틴도 에스파도 아니고 와이더라고 하면 와이어요? 하는 답이 돌아올 뿐이라고 했던 주현이의 볼멘소리가 떠올랐다. 다들 뭐래? 와이더가 뭔데? 와이어? 하며 지나가는데, 한 아이가 다가와 묻는다.

"와이더 왜요?"

음악 방송에 출연했다 하면 가장 첫 무대를 도맡아 하는, 방송국 출근길 사진에 종종 연예인이 아닌 줄 알고 모자이크가 되던 아이돌. 다른 이들은 알아보지 못한 것을 발견해 냈다는 사실로 가까워진 아이들. 그런데 친구가 대형 소속사에서 나오자마자 1위 후보에 오른 아이돌의 직캠을 몰래 보다가 들킨 이후로 크게 싸웠다. 그건 단지 덕질의 문제를 넘어서 둘 사이 형성된 신의를 깨는 일이라는 주현의 일장 연설 속 그 이름이 명찰에 적혀 있다. 강재연.

지하 1층 애덤스 내신 대비 학원에 다니던 재연은 이미 주현의 부모님에게 한 차례 시달려 힘이 쭉 빠져 있었다. 별걱정 없이 정말 동시만 협박하고 만 줄 알았는데 오히려 안도했다. 자기는 더 이상 아는 게 없다고 가려는 아이를 붙잡아 스트로베리 요거트 스무디를 시켜 주고 카페에 마주 앉았다.

"쌤은 뭐 안 마셔요?"

"응, 나는 아까 커피 마셔서."

거짓말이었다. 잔고가 허락하지 않을 뿐. 1인 1메뉴 원칙 때문에 동시 앞에는 뚜껑이 둥근 파란 플라스틱 생수병이 놓여 있었다. 재연은 빨대를 저으며 한숨을 내쉰다.

"숨겨 주려는 게 아니라 진짜 몰라요. 주현인 학교보다 밖에 친한 사람이 많은데 우린 그걸 다 말하진 않았어요."

동시는 재연이 거짓말을 하고 있진 않은지 살폈다. 동시라면 감추고 있어도 선뜻 알려 줄 것 같지는 않았기 때문이다.

"진짜예요. 주현이가 좋아하는 과외 쌤이잖아요. 거짓말 막 하는 것 같죠? 할 때 안 할 때 구분할 줄 안다구요."

둘이 왜 친해졌는지 알 것 같았다. 둥그런 생수병

을 만지작거리는데 주현의 부모님이 학교에 체험 학습 신청서를 냈다는 걸 알려 준다. 결석은 안 된다는 뜻이었다.

"그럼 혹시, 주현이가 인터넷에서 만났다는 사람 누군지 알아?"

"그걸 언니한테도 말해요?"

평점심을 유지하던 재연의 표정이 처음으로 구겨졌다. 갑자기 쌤에서 언니가 됐다. 왜 가장 친한 친구가 사랑해 버리는 사람은 대체로 별로일까?

재연은 자기가 시기하거나 질투하는 게 아니라 진짜 별로라고 했다. 음침하고, 짜증 나고, 재수 없고, 빌붙고, 양아치에 껄렁거리기까지 한다고. 상대를 욕하는 데는 온갖 표현을 가리지 않았다.

재연에게 들은 정보를 가지고 주현의 남자 친구가 아르바이트를 한다는 건물을 찾아 나섰다. 이제는 미끄럼틀보다 허리를 이리저리 돌리거나 다리를 허우적거릴 수 있는 운동기구가 더 인기 많아진 오래된 놀이터를 낀 원룸촌을 지나는 길이었다.

동시는 언니 주동화가 생각났다. 만약 그 아이가

주현이의 소재를 알면서도 알려 주지 않는다면, 그때 '진짜' 언니라면 어떻게 했을까. 어쨌든 재연이 싫어해 마지않는 아이가 동시의 눈에는 갑자기 멋쟁이 남자 친구로 보일 리가 만무했다. 동시는 최대한 어른스럽게 보이려고 했다. 지도를 살피던 동시가 건물 현관에 얼굴을 비춰 본다. 세상일에 경험치가 전혀 없는 얼굴이었다. 괜히 턱을 치켜들고 눈을 매섭게 뜨는 연습을 해 보는데 유리 현관 프레임에 검은 형체가 들어왔다. 움찔한 상태로 굳어서 형체가 지나가길 기다리는데, 사라지지 않고 허우적거리고 있었다. 동시는 숨까지 참으며 미동 없이 유리에 비친 모습을 자세히 봤다. 펄럭거리는 검은 옷을 입은 남자가 놀이터 어귀에 남들이 빼곡하게 쌓아 둔 돌탑을 죽창으로 무너뜨리고 있었다. 돌탑은 남자의 죽창에 힘없이 무너졌다. 동시는 촉이 왔다. 빠르게 이 자리를 벗어나야 한다는. 옆걸음으로 조심스럽게 빠져나가 경보로 도망치는 동시의 뒷모습에 남자의 시선이 따라붙었다.

거듭 말하지만, 동시는 또래보다 경험치가 낮았다. 스무 살이 넘고 대학을 졸업하면 자연스럽게 어른스러움, 어른 말씨, 어른 목소리, 어른의 생각을 가지게 되는 줄 알았다. 그래서 그 약점을 덮기 위해 최대한 어른스러운 말투와 행동으로 그 아이를 협박하려 했다. 역시나 음료 하나와 물병을 앞에 두고 동시가 위엄 있게 말했다.

"당장 말하는 게 좋을 거다."

"네."

"어?"

주현의 남자 친구는 곧바로 주현과 나눈 메시지를 보여 줬다. 꽤 실랑이를 해야 할 줄 알았는데 의외였다. 생각처럼 나쁜 애는 아닌 것 같았다. 묻지도 않았는데, 락 페스티벌을 가기 위해 보호자를 인터넷에서 찾다가 주현과 서로 성인인 줄 알고 만나게 됐다고 줄줄 말했다.

ㅇㄷ가는데?

조선 왕들이 목욕하던 곳

엥 왜?

거기서 나도 다시 태어나

동시가 말을 잃었다가 너희 말투가 원래 이러냐고 묻자 락 스피릿이란다. 왜 하필 조선 왕들이 목욕하던 곳일까요? 아마 경복궁일 듯, 하는 아이에게 아무튼 주현이 만나면 밥이나 사 줄게. 착하게 사귀어라, 같은 어른이 해 줄 법한 말을 하고 일어났다. 동시가 떠나자 골목 뒤에서 남자가 나왔다. 돌탑을 무너뜨리던 남자, 정심한이었다. 주현의 남자 친구가 심한에게 달려갔다.

"됐죠? 봤죠? 이제 나 알바 하는 거 경찰에 찌르지 마요."

주현의 엄마에게 전화를 걸어야 하는데 통화 버튼이 도저히 눌러지지 않았다. 주현이 남자 친구가 있다는 건 숨겨야 했고, 어디로 간다고 했는지는 알려야 했다. 왜 하필 거기였을까. 이런저런 생각에 사람이 앞에 있는 줄도 모르고 부딪혔다. 죄송합니다, 하고 지나가려는데 앞에 선 남자가 꼼짝을 안 했다. 옆으로 피해서 돌아가려고 하는데 바지 자락이 익숙했다. 어디서 봤더라… 잠시 고민하던 동시가 숨을 멈췄다. 돌탑을 부수던 사람. 동시가 잠시 얼어붙었다. 발이 떨어지지 않았다.

"너 항상 1점씩 비지?"

남자가 뜻밖의 말을 꺼냈다. 동시가 고개를 들어 얼굴을 봤다.

"왜 그런지 알고 싶지 않아?"

처음 1점이 모자랐던 건 수능 때였다. 희망 등급 컷이 모두 1점씩 모자랐다. 좌절했지만 그럴 수 있다고 생각했다. 재수 없는 재수생이 동시 하나만 있는 건 아니었으니까. 동시는 당연히 언니처럼 서울로 갈 거라고 생각했다. 재수 때 겨우 면접에 붙었던 학교에 가려는데 고속버스 사고가 났다. 부랴부랴 도착한 학교에선 1분이 늦어 입장이 불가했다. 다른 학교들은 예비 1번으로 떨어졌다. 점수를 공개한 몇몇 학교에서도 딱 1점씩 모자란 점수였다. 현역 때 갈 수 있었던 학교를 삼수만에 겨우 갔다. 유독 입시 운이 안 따라 줬을 뿐이라고, 긴 아홉수였다고 생각했는데, 모자란 1점의 저주는 계속됐다. 게다가 오랜 입시로 성격은 변했고, 사람에게 어떻게 다가갔었는지 아무리 생각해도 떠오르지 않았다. 분명 제대로 계산했던 학점이 1점 모자라 한 학기를 더 다녀야 했다. 왠지 서울에 안 가서 이 모든 일이 일어난 것 같았고, 첫 단추를 잘못 끼웠다고 믿었다. 그래서 간 서울에선 공무원 시험에 1점 차이로 떨어졌다. 두 번을.

1점 차이라는 게 처음엔 가능성처럼 느껴지기도 했다. 조금만 더 하면 된다, 거의 다 왔다는. 그런데 희망이 되기에는 너무 많은 1이 비어 버렸다. 12개입 과일을 사도 11개만 배송되었을 때, 동시는 자리에 주저앉았다. 그리고 다시 과외를 할 때까지 오래도록 앉아만 있었다. 세상이 말하고 있는 것 같았다. 네가 절대 넘지 못하는 선이 있다고.

그 이유, 당연히 알고 싶다. 죽도록 알고 싶었다.

"내가 알려 줄 수 있는데."

맥이 탁 풀렸다. 순간 따라갈 뻔했다. 이미 맥도날드에서, 커피빈에서 전생의 업을 알려 준다는 사람들에게 햄버거와 커피를 샀었다. 동시에게 얼마 없었던 경험치였다. 1점까지는 정말 넘어갈 뻔했다. 어떻게 알았나 싶어 따라가면 그럴듯한 이야기를 덧붙일 것이다. 동시는 순간 정신을 차린 자신이 조금은 자랑스러웠다.

"감사합니다. 알아서 굿을 하든 기도를 하든 해결해 볼 테니까 가세요."

뒤돌아 가려는 동시에게 심한의 말이 날아왔다.

"너 초파리 저주 걸렸어."

"아씨, 오늘 왜 이렇게 초파리 타령 하는 사람이 많아?"

"초파리에 대해 들은 거 있지?"

"…들은 거? 뭐, 순간 이동?"

"알고 있네? 걸렸어, 너. 초파리 저주."

잠시 침묵이 흐르고 동시가 웃음을 터트린다.

"와, 수법 진짜 대박이다. 아까 그 할머니랑 한패지, 당신? 미쳤네. 뭐 빌드업 하셨어요? 그리고 내가 놀라면 다음은 뭐, 제사? 정성이다, 정성이야. 가세요."

"같이 가야 된다니까?"

"갈 길 가시라고."

"너 서울 사람 아니잖아."

대화가 안 통했다.

3 서울 사람

메아리처럼 울리는 목소리에 주현이 눈을 뜬다. 추워진 공기 때문에 몽롱한 기분이다. 장판으로 된 바닥도 습기로 축축하다. 어두워서 아무것도 보이지 않는다. 시간이 조금 흐르자 주변 물건이 보이기 시작한다. 전화기다. 주현이 전화 수화기를 드는데 어떤 번호를 눌러야 할지 감이 잡히지 않는다. 낮고 일정한 대기음만 눅눅한 공간을 울린다. 겨우 손가락을 드는데 발소리가 들린다. 주현이 수화기를 놓고 다시 쓰러져 있는 척을 한다.

문이 열리고 빛이 들어오고 축축하고 따뜻한 공기가 훅 끼친다. 하얀 유니폼을 입은 사람이 삐뚤게 놓여 있는 수화기를 발견한다. 머리를 쪽진 중년의 여자는 벽면에 전화기를 넣고 잠가 버린다. 그리고 다시 주현을 내려다본다.

"계속 자는 척 열심히 하고 있으려무나."

다시 어둠이 가득해진다. 나가지 않은 여자가 다리를 접어 주현 앞에 가만히 앉아 들여다본다. 주현은 오래도록 눈을 감는다.

＊ ＊ ＊

동시는 사람 많은 큰길에 접어들어서야 달리기를 멈췄다. 숨을 몰아쉬며 남자가 따라오는지 살폈다. 가운뎃손가락을 호기롭게 날리고선 잡힐까 봐 열심히 달렸다. 집으로 돌아오며 주현 엄마에게 전화를 걸었다.

"네, 어머니. 다름이 아니라 주현이가요…"

설명을 마치자, 건너편에서 안도의 숨소리와 함께 고압적인 목소리가 이어졌다.

"선생님이 애 거기 숨겨 뒀죠? 주쌤이 그 동네 사람이잖아."

오늘 왜 이렇게 나 서울 사람 아니라고 하는 인간들이 많아.

동시는 방문을 열고 들어갔다. 창문을 닫아 두어 뜨겁고 축축해진 방 안을 둘러보았다. 걱정돼서 알려 주었건만 주현의 엄마는 둘이서 작당했다고 결론을 내리고 내일 자기들이 퇴근하기 전까지 아이가 돌아와 있지 않으면 집주인에게 말해 자취방까지 빼게 할거라고 으름장을 놓았다. 그뿐인 줄 아느냐며 어디서든 과외를 못 구하게 만들어 주겠다고 협박했다. 그리고 용건이 끝나자마자 전화를 끊었다. 아마 평소에 주현과의 대화도 이러했을 것이다. 그러니까 애가 고독을 알지.

등에서 땀이 한 줄기 흘렀다. 에어컨 리모컨을 집는데, 갑자기 한쪽 시야가 깜깜해졌다. 그리고 꿈틀, 순간 눈에 검은 실이 움직였다. 소리를 지르며 자리에서 뛰어 올랐지만 여전히 시야는 어두웠다. 눈을 깜빡여도 오른쪽 눈동자에 붙은 건 사라지지 않았다. 화장실 문을 급하게 열고 샤워기를 눈에 대고 틀었다. 그제야 검은 게 사라졌다. 바닥에 떨어진 건 작은 초파리였다.

초파리는 동시의 눈동자에서 꿈틀거리던 다리를 부들
거리더니 하수구로 쓸려 내려갔다.

　동시는 문 앞까지 사방에 튄 물에 수건을 대충 던
져 두었다. 녹초가 되어 바닥에 쓰러졌는데 누군가 문
을 쾅쾅거렸다. 누구냐고 묻자 "아랫집인데요" 하는 여
자 목소리가 들렸다. 동시가 겨우 몸을 일으켜 문을 열
자 여자가 걱정스럽게 물었다.

　"무슨 일 있으세요?"

　"아, 초파리 때문에…"

　"초파리요?"

　여자가 동시의 얼굴을 살피더니 집 안을 슬쩍 곁
눈질한다. 그리고 살짝 목소리를 낮추어 말한다.

　"진짜 괜찮으세요?"

　동시는 여자에게 미소를 보였다. 진짜 안심할 수
있도록. 그리고 문을 열어 집 안을 보여 줬다. 한눈에
방 전체가 보였다. 걱정이 가시고 안도의 표정을 짓더
니, 왠지 새침해졌다.

　"그럼 조용히 좀 해 주세요."

　"죄송합니다. 감사합니다."

　정말 죄송하고 감사했다. 안부를 확인해 준다는

것이. 내일 초콜릿이라도 매달아 놓을까 생각하며 들어오는데 다시 방 안이 어두워졌다. 심장이 멎는 듯했지만 이번엔 양쪽 눈 다 멀쩡했다. 형광등도 괜찮은데, 싶어 밖을 보았다. 창밖으로 화려한 네온사인과 가로등 불빛이 보이지 않고 어두운 커튼이 쳐져 있었다. 컴컴한 오로라 같은 것이 일렁거렸다. 검은 오로라는 창문에 가까워졌고, 불을 켜 두었으나 방 안이 어둑어둑해진 느낌이었다.

동시가 의아해하며 가까이 다가가자, 커튼 색이 순식간에 더 짙어졌다. 수없이 많은 초파리가 창문으로 달라붙고 있었다. 동시가 뒷걸음질 쳤다. 초파리들이 창문에 쌓이고 자기들 몸 위에 쌓이며 정신없이 달려들고 있었다. 바깥 풍경이 조금도 보이지 않았다.

떨면서 창문 가까이 간 동시가 초파리를 쫓으려고 창문을 강하게 쳤다. 쾅 소리가 울리며 커튼 모양을 한 초파리 떼가 순식간에 방 안, 동시 뒤에 자리 잡았다. 싸한 느낌에 돌아본 동시는 거대한 초파리 무리에 비명을 질렀다. 급하게 집은 담요로 초파리를 쫓으려 했지만 동시의 손에 달라붙어 떨어질 생각을 안 했다. 제발 아랫집 여자가 다시 한 번 쫓아와 주길 바랐다. 하지만 동시가 무사하고 그냥 예의 없이 시끄러울 뿐이라는 걸 확인한 여자는 천장을 쿵쿵 치는 것으로 마무리했다.

초파리를 현관 밖으로라도 내보내야겠다고 생각하고 달렸다. 손잡이를 잡는 순간 초파리들이 코와 입에 달라붙었다. 담요를 얼굴에 둘러썼으나 그것까지 뚫고 들어왔다. 결계라도 있는 것처럼 현관 밖으로는 조금도 나가지 않았다.

코를 막은 초파리 떼 때문에 호흡이 가빠졌다. 현관문을 붙잡은 채 그 자리에 쓰러졌다. 그리고 점점 정신을 잃어 갔다.

그때 검은 옷차림을 한 양봉업자 같은 사람이 문을 벌컥 열었다. 그가 동시의 얼굴을 검은 천으로 감싸자 초파리들이 얼굴에서 떨어졌다. 동시는 그제야 멈췄던 숨을 몰아쉬었다. 희미한 시야로 검고 펄럭거리는 옷이 왔다 갔다 했다.

정신이 돌아온 동시의 눈에 가장 먼저 보인 건 공중에 떠 있는 거대한 검은 다트였다. 초파리들이 떼를 지어 날고 있었다. 그리고 양봉업자 차림을 한 심한이 대열에서 흐트러지는 초파리를 돌탑을 무너뜨리던 죽창으로 찌르고 있었다.

"깼네?"

동시는 눈앞에 펼쳐진 광경에 할 말을 찾지 못하고 있었다.

"내가 그랬잖아. 초파리 저주에 걸렸다고."

심한은 한숨을 푹 쉬더니 주머니에서 무언가를 꺼내 동시 눈앞에 들이밀었다. 스마트폰 비슷하게 생겼으나 처음 보는 기종이었고, 어딘가 묘하게 아날로그 느낌이었다. 동시가 들여다보자마자 화면이 켜졌다. 부감 숏이었지만 화면 속 사람들이 누군지 알아보았다. 주현과 아까 그 초파리 할머니. 동시가 심한의 손에서 핸드폰을 뺏어 들었다.

"쟤. 찾고 있는 애 맞지?"

동시가 다시 심한을 미심쩍게 바라본다.

"내가 쫓고 있는 건 그 앞에."

"이 할머니 누군데요?"

"파미라고들 불러."

"얘한테 왜 이러는 건데?"

"너한테 초파리 운운했지?"

"왜 다들 초파리 얘기를 못해서 난리냐고!"

"원래는 널 잡아가려고 했던 것 같은데. 왜 마음을 바꿨을까. 네가 영 시원찮게 대답했나 보지."

"이 사람이 나한테 초파리 저주를 걸었고, 애도 나 때문에 납치됐고."

그러니까 심한은, 주현이 동시 때문에 잡혀갔다고 얘기하고 있었다. 1점의 저주도 물려받고, 그렇게 피하고 싶었던 조선 왕들이 목욕하던 곳까지 잡혀가 버렸단다.

"그래. 갈 거야, 말 거야. 얘네 잡고 있는 거 시간제한 있다. 가기 싫으면 말고."

심한이 다시 빠져나오려는 초파리를 찌르며 동시를 재촉했다.

"가요."

단호한 목소리였다. 심한과 눈이 마주쳤다.

"간다고."

그렇게 말하자 심한이 TV 앞에 놓여 있던 동시가 만든 조악한 초파리 트랩으로 다가갔다. 그리고 뚜껑을 열었다.

"그거 열어도 되는 거예…"

동시가 말을 채 끝내기도 전에 품에서 꺼낸 책으

로 힘없이 나는 초파리를 내리쳤다. 그러자 다트 모양으로 모여 있던 초파리들이 한순간에 모두 바닥으로 떨어졌다.

"얘가 보스야. 숙주."

동시가 어리둥절한 표정을 짓자 심한이 손에 든 책을 보여주었다. 윌리엄 골딩의 《파리대왕》이었다.

"골딩 선생한테 감사해라. 네가 파미한테 초파리 천기를 청취한 다음에 그걸 안 잊어버리고 얘를 보면서 계속 곱씹었지. 천기운이 그래서 얘한테 달라붙은 거야."

동시는 심한의 말 대부분이 이해가 가지 않았다. 어쩌면 가장 먼저 했어야 할 질문이 튀어나왔다.

"근데 누구세요?"

"천기누설방지 TF팀 기동팀장 정심한."

4 천기누설방지 TF팀

비밀은 그렇다. 누군가 억지로 막아 둔 강둑처럼, 작은 구멍 하나로 감당할 수 없이 쏟아져 세상 곳곳으로 퍼져 나간다.

소문은 어떤가. 아무 근거 없는 말이라도 일단 많은 사람들이 알고 있다는 이유만으로 아니 땐 굴뚝에 연기 나겠느냐며 기정사실이 된다.

예언의 위상은 황당하다. 21세기 과학기술보다, 옆에 있는 사람의 조언보다 공신력 있는 것이 100년도 더 전에 나온 예언서다.

그 모든 속성을 다 합친 것이 바로 천기(天機)다. 위험한 만큼 궁금하고, 하늘의 것이라는 이름처럼 알게 되면 신이라도 된 것만 같은 착각을 하게 된다.

"그래서 천기는 하늘의 비밀, 인간들이 모르는 것, 또는 몰라야 하는 것들이지. 내용에 따라 천상계, 인간계, 지하계, 자연계, 기타계열로 분류하고, 중요도에 따라 1등급에서 3등급까지 나눈 후에 고유 번호를 붙이고."

심한이 (당연히) 이해되지 하는 표정으로 동시를 쳐다봤다. 동시는 운전 중인데도 그 표정이 보이는 것만 같았다. 심한의 파란 다마스는 고속도로를 달렸다. 운전석에는 동시가 앉아 있었다. 심한은 옅은 불빛이 나오는 내부등을 켜 놓고 차 안을 정리 중이었다.

더러운 차를 정리하는 심한이 들떠 보였다. 애써 미소 지으며 눈치를 보는 동시의 표정에 심한이 들고 있던 서류를 신경질적으로 내려놓았다.

"아직도 이해가 안 간다고?"

천기누설방지 TF팀이라는 소개 후 동시의 "…무릎팍 도사 같은 건가요?"라는 질문에 열을 올리며 천기누설방지팀에 대해 이해시키려 하고 있었다.

"예를 들자면, 돌고래가 인간만큼 똑똑하다는 건 천2-00022의 주요 기밀이었어. 왜냐면 인간은 자기보다 똑똑한 종족이 있다는 걸 알면 살려 두지 않을 테니까. 그런데 시간이 지나면서 동물들의 지능을 측정할 수 있게 됐는데 인간들이 예상을 뛰어넘더라고. 위협이라는 생각을 아예 하질 않더라니까. 데려가서 서커스를 시키는 걸 보고 혀를 내둘렀잖아."

"그럼 돌고래 천기 처음 밝혀졌을 때도 출동한 거고?"

"정당한 연구 과정을 통해 몰랐던 걸 발견하거나 증명해 낸 결론은 천기누설로 분류되지 않아. 천기가 상상력에 의해 이야기 형태로 나와도 사람들은 사실이라고 생각하지 않으니까 힘을 잃기 시작하지. 이렇게 밝혀지거나 공개된 천기들은 천기로서의 역할을 하지 못하고 그 책임이 인간들 몫이 돼. 우린 알 바 아니지. 아, 빠진 천기 앞에는 폐기라고 쓰고."

문득 의아해진 동시가 물었다.

"그런 걸 나한테 다 말해도… 되나?"

왠지 들으면 안 될 걸 들은 느낌이었다.

"어쩌겠어? 그래서 인원 충원하고 기기 점검 들어가라고 골백번도 더 말했는데. 뭐 그러면서 온 김에 한 번 해결 좀 하라고?"

심한은 쌓인 게 많아 보였다. 동시가 내려가겠다고 동의하고, 심한이 초파리 천기와 인간과의 협업에 대해 보고하려는데 천계와 연결이 불안정해졌고, 연결이 불안정하다가 서울에서 멀어질수록 완전히 끊겨 버렸다. 그런 관계로 고속도로 위 운전대를 동시가 잡고 있다. 동시는 혹시 나중에 좀비 떼가 창궐하면 사용하기 위해 1종 면허를 따면서 터무니없는 생각 하며 산다는 소리를 들었지만, 처음 면허증을 활용하며 그보다 더 터무니없는 사실을 받아들이고 있었다.

"그럼 그쪽은 무슨 일을 하나?"

"천기가 누설됐다는 보고가 우리 팀으로 올라와. 실수일 때도 있고 고의일 때도 있지. 그럼 지상의 기동 팀이 가서 천기의 공신력을 잃게 하는 거야. 주로 비슷한 말을 해서 천기의 존재감을 하락시키거나 관심을 다른 데로 끄는 뭐 이런저런 매뉴얼이 있어. 너무 다 알려고 하지 마라. 다친다."

"왜 그렇게 하는데요?"

"세상이 혼란스러워지는 걸 막기 위해."

"막은 게 이 정도구나."

동시는 심한의 따가운 눈총을 모른 체했다.

"그런데 하면 안 돼서 말 안 한 게 더 있죠? 천계에서 나왔다면서 거짓말 좀 하고, 복숭아 트럭인 척하고 이게 다? 진짜? 에이."

"원래 말은 말 속에 숨기는 거야. 모래는 자갈밭에 숨기는 거고."

"그럼 천기가 누설되면 사이렌 같은 게 울리는 거예요? 경찰차처럼?"

"단지 천기가 흐른 것으로 문제가 되진 않지. 중요한 건 일이 어떻게 번질 줄 모른다는 거야. 그래서 까다로운 거고. 돌고래 천기만 해도 멸종만 신경 썼는데 서커스를 시키다니. 그래서 계약 문제로 얼마나 골치가 아팠는데. 그때만 생각하면… 아무튼, 인간들은 가끔 지구상에 다른 존재들이 숨 쉬고 살아간다는 사실을 잊는다니까. 그냥 시시껄렁한 실없는 소리가 될 건지, 어떤 종(種)을 위협하는 문제가 될 건지, 인간들이 스스로 파멸의 길에 들어갈 건지, 그게 문제지. 나는 다만 그게 천기 때문이 아니게 관리하는 쪽이고. 저 어느 별에선 천기 때문에 별이 터졌다고 했던가."

"정말요?"

"거짓말이야."

동시가 눈으로 욕을 보냈다.

"앞을 봐. 어찌 됐든 공조니까 미리 주의하는데, 내 말을 다 믿진 마. 어차피 지금도 일 중이니까 거짓말 섞어서 할 거야."

"그거 벌써 세 번째 말했걸랑요? 아무튼, 나도 조건이 있수다."

존댓말을 쓰기 싫어 이상한 말투를 구사하는 동시 때문에 심한의 인상이 구겨졌다.

"뭔데."

"사람들 앞에 나서는 거 절대 안 돼. 내가 여기 내려왔다는 거 아무한테도 안 들키게 협조해요."

"고향이라며 왜 그렇게 싫어해?"

"또 뭐 재밌는 거 있나? 재밌네, 천기."

"말을 돌리네. 허준이 투명 인간 만드는 법 알아낸 거 아나? 그건 원래 있던 천기가 아니라 허준이 만들어 낸 거야. 천기 관부에 가서 다 구경하고 천기로 봉인했어. 가끔 인간이 만들어 낸 게 천기가 되기도 해. 어쩌다 된 것들. 그건 증명이 아니라 천계 관할이거든. 죽은 사람을 살렸으면 지하계에 가서 고생 좀 했을 건데 이건 만드는 법 용량 지우고 끝났어. 그 벌로 400년간 옥황상제랑 바둑 두는 벌을 받았지. 천계 직원들은 좋았겠지만"

동시는 꽤 재밌었다가 인간이 지구를 10만 년 임대했고, 다른 존재와의 공존 계약을 위반할 때마다 계약 기간이 점차 짧아져서 20년 정도가 남았다는 사실까지 듣자 마음이 무거워졌다.

"그럼 우리는 멸종하는 겁니까?"

"멸종이 아니라 임대가 끝나는 거지. 방 빼야 해. 한국인이니까 무슨 말인지 잘 알지? 그때부터 고생 시작인 거야. 종말론은 이런 상황 대비해서 다 만들어 둔 거고. 그 순간에도 인간들은 이번에도 지나가겠지 할걸."

동시에 말한다.

"거짓말이죠?"

"거짓말이야."

이상한 게 있었다. 심한의 말에 따르면 천기를 알고 그걸 이용하면서 문제가 생긴다는 건데, 동시는 진짜 믿지 않고 초파리를 보며 생각만 했다. 심한은 천기의 흐름이 예상을 벗어나는 아주 별로인 상황이 아주 가끔 일어난다고 했다. 그래서 더 위험한 거라고. 심한이 심각하게 생각에 빠지자 동시가 덩달아 심각해지는데, 심한이 대뜸 말했다.

"너 내 팀원 할래?"

"싫은디요."

아무리 천계인이라고 해도 여전히 미덥지 않았다. 마침 통 넓은 옷이 유행이어서 특별히 튀지 않는 옷들도 자세히 들여다보면 분명 수상했다.

"너 그럼 그렇게 계속 이상한 말투 쓸 거야? 헷갈리지도 않냐?"

"그닥?"

"해. 자율 주행 안 할 때 운전할 사람 있으니까 편하네."

"싫수다."

"페이 줄게."

"네, 팀장님."

어서 오세요

여기서부터 아산입니다

두 사람이 탄 파란 다마스가 이정표 옆을 지난다.

날이 밝고 있었다.

* * *

　동시가 뽀얀 얼굴로 그랜드 호텔 정문에서 나왔다. 벌써 세 번째 허탕이다. 손끝이 쪼글쪼글했다. 조선의 임금이 목욕하기 위해 왔다는 온천이 아산 시내 곳곳에 자리하고 있었다. 호텔부터 탕까지 규모도 다양했다. 천계와 연결이 끊기자 천기 레이더도 작동을 멈춰 주현의 문자대로 조선 왕들이 목욕하던 곳부터 수색하고 있었다. 심한은 말없이 탄 동시를 말없이 다른 목욕탕 앞에 세워 주었다. 동시는 다음 목욕탕 안으로 들어갔다. 세종탕. 한 번도 안 와 본 목욕탕 여탕 입구에는 '5세부터 출입 금지 세종대왕이 와도 불가'라는 문구가 붙어 있다. 동시는 수건 두 장과 함께 받은 빨간 스프링 고무줄을 손목에 찼다. 핸드폰을 들고 들어갈 수 없어 주현과 찍은 네 컷짜리 인화 사진을 지퍼백에 넣었다.

　규모가 크지 않은 작은 목욕탕이었다. 탈의실을

지나 탕 내부에도 사람이 별로 많지 않았다. 냉탕, 온탕, 열탕 딱 있어야 할 것만 있고 흔한 냉수 폭포도 보이지 않았다. 조명도 어두워 을씨년스러운 분위기를 풍겼다. 천장에 작게 난 환풍기 틈으로 아직 낮이라는 걸 알 수 있었다. 또 허탕인가 싶어 목욕탕을 둘러보다가 구석에 있는 문을 발견했다. 한증막이었다. 문을 열고 들어가자 싸늘한 탕과 달리 사람들이 많았다. 앉아 있는 손님들은 딱 봐도 경험치 낮아 보이는 동시에게 자리를 내주지 않았다. 개의치 않고 끝에서부터 지퍼백 속 사진을 들이밀었다. 이런 애 보신 적 있나요? 무슨 목욕탕에서 애를 찾아? 하는 소리는 이제 너무 많이 들어서 그러니까요 하하 웃고 넘어갔다. 이 아이 보신 적 있나요? 네, 이 문어 인형 쓴 아이요, 하며 모두에게 묻고, 한증막에 아마 가장 오래 있었을 것 같은 할머니 앞에 섰다. 이곳에서 백 겹의 시간은 보낸 듯한 분위기로 눈을 감고 앉아 있었다.

"혹시 이렇게 생긴 아이 보신 적 있나요?"

백 겹의 티끌인 듯 미동도 없었다. 동시는 잠시 기다렸다가 별 소용없을 것 같아 다시 돌아서 한증막 손잡이를 잡았다.

"본 것도 같은데."

동시는 온 힘을 다해 등을 밀었다. 한증막에 있던 사람들이 동시 주위로 모여들었다. 아예 탕에 들어가 자리를 잡고 구경 중인 손님들도 있었다. 동시는 이게 바로 온천 키드다 하는 마음으로 현란하게 움직였다. 와중에 몰려드는 사람 중 혹시 아는 사람이라도 있을 까 싶어 얼굴에 급하게 마스크팩까지 붙여 놓았다. 온천 키드의 신들린 등 밀기 솜씨에 나도 다음에 밀어 달라며 줄까지 섰다. 의외의 재능 발견에 신난 동시 앞이 순간 홍해처럼 갈라졌다. 멀리서 봐도 언짢은 표정의 세신사가 다가왔다. 머리카락 한 올도 남기지 않고 쪽을 찐 세신사에게서 시장 질서를 해치는 작금의 상황을 질책하는 따끔한 한마디가 날아왔다.

"뭐여."

시원한 감각이 중간에 끊겨 버린 백겁 할머니의 표정도 심상치 않았다. 다음 순번으로 등을 밀어 달라고 서 있던 사람들은 순식간에 구경꾼이 되었다. 백겁 할머니의 입술이 떨어졌다.

"내 손녀."

동시는 갑자기 생긴 할머니 옆에서 어색한 미소를 지었다. 명백한 승리가 결정되자 사람들은 자리를 떴다. 30분 후 할머니는 밖으로 나와 진한 초록색으로 실링 된 바나나 우유와 샴푸 세트를 사 주었다. 다 씻었는데 이건 왜 사 주는지 묻자 승자는 원래 베푸는 법이라며, 이건 오늘 일을 너무 마음에 담지 말아라, 다음에도 만나길 기원한다는 뜻이란다, 라고 했다. 무림 고수의 느낌이 물씬 났다. 왠지 모든 사실을 알 것만 같은 할머니에게 주현에 대해 물었다.

"나도 몰라. 이 동네 사람 아니야."

"네!? 그럼 어디 사람인데요?"

"나 영등포 사람이야."

"뭐야? 영등포 할머니가 왜 여기까지 와서 목욕을 하고 있어요?"

"여기 조선 왕들이 목욕하던 데잖아."

근데 진짜 본 것 같기도 하단 말이지, 중얼거리는 말에 더 이상 속아 넘어갈 수 없었다. 할머니가 사 준 바나나 우유를 들고 목욕탕 밖으로 나온 동시가 정차한 파란 다마스를 발견했다. 다음엔 온천 워터 파크로 향하려고 하자 설마 조선 왕이 워터 슬라이드 탔겠냐

며 이제 목욕탕은 절대 못 간다고 쪼글쪼글해진 손을
보여 주었다. 걔넨 아지트도 없냐고 묻는 말에 천기운
이 넘치는 곳으로 때마다 자리를 옮긴다는 심드렁한
답이 돌아왔다. 심한이 다음 천기가 넘치는 곳으로 출
발했다.

아파트와 빌라 단지를 한참 지나자 공원 하나가
나왔다. 그냥 의무적으로 설치된 평범한 공간인 줄 알
았으나, 큼지막한 타일이 깔린 가장 안쪽 커다란 정각
현판에 御醫井이라고 쓰여 있었다. 한 글자만 읽을 줄
알았지만 어의정인 건 알고 있었다. 눈에 익은 교복을
입은 중학생들이 쓰레기를 주우며 떠들고 있었기 때문
이다. 지역 청소년들의 단골 봉사 활동 장소인 사용하
지 않는 옛 우물이었다.

"나도 어렸을 때 저기서 담배꽁초 줍는 봉사 활동
했는데."

"나는 어렸을 때 천지 창조 도왔어."

"구라."

"팀장한테 구라?"

"공갈."

"진짜야. 봉사 점수 많이 받아서 원하는 보직 받

왔다고.”

“와, 부러운데요.”

더 이상 심한이 하는 말의 진의를 생각하지 않기로 한 동시가 보들보들해진 팔을 무의식적으로 계속 만졌다. 동시가 심한의 지시에 따라 구시렁거리며 우물 안까지 들여다보다 경찰에게 한 소리 듣는 순간, 심한은 이미 차에 시동을 걸고 있었다.

별다른 소득 없이 다음 장소로 출발했다. 익숙한 풍경이 스쳤다. 전철이 지나는 길목으로 들어서자 사람이 많아졌다. 온양온천역이 보였다. 역의 뒷문으로 나 있는 철도 밑 굴다리를 쭉 따라가려 하는데 차를 움직일 수 없을 정도로 인파가 몰려 있었다.

“사람 엄청 많네요.”

“장날이잖아.”

아, 하고 짧게 감탄사를 내뱉은 동시가 창문을 내려 밖을 내다봤다. 적갈색 플라스틱 바구니에 직접 키운 참외며 늙은 오이를 차곡차곡 쌓아 놓았다. 오이, 상추, 가지, 고추 같은 빛깔 좋은 채소들이 좌판 주인의 면을 살려 주고 있었다. 얼마 안 되는 나물을 바닥에 펼쳐 놓은 할머니들도 보였다. 지나다니는 사람들의 팔에는 검은 봉지가 몇 개씩 걸려 있었고, 검은 철망으로 된 카트나 바퀴가 달린 장바구니를 끌고 가기도 했다. 복숭아와 수박 트럭이 크게 확성기를 울리며 손님을 불러 모았다. 동시가 복숭아 트럭을 보며 말했다.

"어, 팀장님이랑 동종업계."

"어, 천계 사람이야."

"저거 다 직접 키운 거겠죠?"

"당연하지. 하여간 요즘 애들은 채소를 쿠팡이나 마켓컬리가 키우는 줄 안다니까."

동시가 심한을 빤히 쳐다봤다.

"생각보다 나를 훨씬 어리게 보시네."

동시는 다시 밖을 내다봤다. 마지막으로 시장에 갔던 게 언제인지 곱씹었다. 하얀 스타킹에 물이 튈까 수산물 가게 앞에서 조심스럽게 걸었고, 과일 가게 주인에게 딸기 하나를 받아서 물러 터지도록 시장을 돌아다녔다. 반대 손은 땀이 나도록 엄마의 손을 붙잡고 있었다. 깍쟁이 같은 언니는 시장에 따라오는 타입은 아니었다. 아무에게나 딸기를 받아서 먹는 일도 상상하기 힘들었다. 엄마는 아무리 집에서 까탈을 부려도

밖에 나가서 어깨를 으쓱하게 만들어 주는 언니를 미워하지 않았다. 시장에 있는 시간은 온전히 엄마를 차지할 수 있는 유일한 시간이었다.

동시가 온갖 과일을 보며 추억에 빠져들 때, 심한이 급정거했다. 운전을 코로 하나 뭐라 할 틈도 없이 차에서 내려 역 광장의 물을 뿜지 않는 분수대 옆으로 달려갔다. 그리고 상가 건너편에 풍경처럼 서 있는 비각 앞에 우뚝 멈췄다.

동시가 여기 차 세우면 안 된다는 상인회장의 꾸지람을 듣고 있을 무렵, 심한은 이충무공 사적비를 보고 있었다. 겉으로는 별 이상이 없어 보였으나 비각 주변에 핏방울이 선명하게 떨어져 있었다.

동시의 가쁜 숨소리에 산길의 새소리가 묻혔다. 심각해진 심한이 가 봐야 할 곳이 있다고 하며 갑자기 빠르게 차를 몰아 도착한 곳은 온양온천 북쪽에 있는 영인산이었다. 그리고 대뜸 등산이 시작됐다. 조금 선선해졌지만 어쨌든 여름 오후 2시였다. 계단으로 정비된 산책로 저 앞에서 심한이 뒤떨어진 동시를 돌아봤다. 동시가 헉헉거리며 영화 〈괴물〉의 할아버지처럼 심한에게 손짓했다.

"날 두고 가. 난 틀렸어."

심한은 너 때문에 계획 다 어그러지겠다며 빨리 오라고 소리 질렀다. 힘이 잔뜩 빠졌는데도 소리를 빽빽 지르며 올라오는 동시를 경이로워하며 기다렸다.

"이 체력으로 어떻게 험한 세상 살아갈꼬."

동시는 목에서 피 맛이 나는 듯했다. 다른 사람들도 본격적인 등산 복장이 아니라 마실 나온 것 같았다. 동시는 지나가는 사람을 붙잡고 물었다.

"얼마나, 얼마나 가야 하나요."

"다 왔슈~ 10분! 10분만 더 가면 돼."

그렇게 40분을 걸었다. 후들거리는 다리로, 안 나오는 숨으로 동시가 소리쳤다.

"10분 남았다며! 그 사람도 방지팀 아니야? 10분 남았다는 거 천기야?!"

보다 못한 심한이 내려와 동시를 뒤에서 밀어 주는데, 하지 말라고 고꾸라질 것 같다고 일부러 죽이려는 거냐고 이것도 천기냐고 난리 치는 통에 그냥 보폭을 맞춰 걷고 있다. 중얼중얼 저주의 말을 뱉으며.

"지나 혼자 올라올 것이지 왜 따라오라고 해서 무

슨 체력 자랑하나 하여간에 천계고 뭐고 다 구라 아
녀?"

"다 들려."

"어."

"어?"

"팀장님."

"왜."

동시가 허리를 펴고 말했다.

"나 천계 욕 하나만 알려 주면 안 돼요?"

"욕은 알아듣는 사람이 있어야 성립된다. 외국 나
가서 상대가 알아들으면 욕, 아니면 넘어가는 것처럼."

"그러니까, 알아듣는 사람한테 쓰게."

동시가 멈춰 서서 심한을 빤히 쳐다봤다.

"너 조선왕조실록에 천기누설이 몇 번 나오는지
알아?"

"…"

"하나도 안 나와."

"…진짜? 왜지?"

"내 전임 중에 일을 또라이 같이 하던 사람이 있
었어. 언제 생겼는지, 얼마나 오래 있었는지 모르지만

지금 통용되는 대부분의 팀 규칙은 그 선배 때문에 만들어졌지.”

“조선왕조실록이랑 뭔 상관?”

“그 선배가 조선왕조실록에서 천기누설에 관한 기록을 싹 지워 버렸어.”

“…뭐어? 웃기지 마요. 조선왕조실록은 기록사의 결정체로서 지금은 데이터베이스화되어서 모든 사람이 찾아볼 수도 있다고요.”

동시가 유네스코한국위원회 직원처럼 대꾸했다.

“데이터베이스화되기 전에 기록 자체를 없애 버렸어. 문제가 되기 전에 그냥 없애 버리면 그만이라는 거지. 천계는 인간계 우위에 있는 상부 기관이 아냐. 인간계에서 일어나는 모든 일을 예측할 수 없는 게 그 증거지. 인간의 성과나 노력의 산물에 우리가 영향을 미쳐서는 안 돼. 그때부터 인간의 역사나 기억에 직접 개입하는 게 금지됐고.”

“와, 솔직히 내 기억 지울 줄 알았는데.”

동시는 곰곰이 생각했다.

“그런데 천기누설이라는 단어가 없는 이유는 조선이 유교 국가여서 아닌가? 거짓말이죠?”

"주동시, 조선왕조실록에 도술도 나오고 비기(秘記)도 나오고, 예언도 있고 무당도 있어. 심지어 개똥이도 있다고. 그 미친 선임이 그 부분만 날렸다니까?"

"그건 왕실 입장에서 객관적으로 쓸 수 있는 부분인데 천기누설이라는 말은 이미 천기가 있다고 전제하는 거라서…"

"그러니까. 그때 그 또라이랑 너랑 붙여 놨으면 재미있는 꼴 많이 봤을 텐데."

"저도 팀장님보다 그쪽이 왠지 죽이 더 잘 맞았을 것 같네요."

"관상이 말이 없을 상인데."

"저는 말이 없는 게 아니라 말할 사람이 없었어요."

"한번 말할 사람이 생기면 한을 푸는구나. 인간으로 안 태어났으면 딱 천기 콜센터 감인데."

계단으로 만든 등산로가 끊기고 흙과 돌로만 된 길도 한참 지나고서야 심한이 멈춰 섰다. 그리고 은색 안내판 앞에 동시를 세워 두고 여기서 잠시 기다리라고 한 후 사라졌다. 그럼 아예 처음부터 혼자 가든가 중얼거리는 동시의 눈에 글자가 빼곡한 안내문이 들어왔다. 어금니 바위 안내판이었다.

돈 많은 욕심쟁이 노인이 있었다. 마을에 아름답고 현명하고 심성도 고와 칭송받는 여인을 며느리로 삼고자 횡포를 부렸다. 효성이 지극한 딸은 스스로 혼인하겠다고 나섰다. 며느리는 혼인 후에 임신했고, 노인의 심술은 날로 더해 갔다. 어느 날 초라한 승려에게 몰래 쌀 한 바가지를 시주해 주었는데, 노인은 오히려 쇠똥을 뿌린다. 승려는 며느리에게 지금 집에서 멀리 달아나야 한다고 알려 주고, 뒤를 돌아봐서는 안 된다고 주의를 준다. 며느리는 시아버지를 설득하지만 듣지 않자 아기를 업은 채 집을 나왔고, 무너지는 소리에 뒤를 돌아본다. 집이 무너지고, 며느리와 아기는 돌로 변한다. 남편이 돌아왔을 때는 모든 것이 무너져 있었고, 남편은 욕심 많은 아버지를 동정하고 효성스러운 아내에게 감탄했다고 한다.

바위의 형상이 아기를 업은 모양이기도 하고, 어금니와 비슷해 어금니 바위로 불리게 되는데 아산시의 지명이 어금니 바위의 어금니 아(牙)에서 유래되었다고 한다.[*]

---

[*] 아산 〈어금니 바위 안내문〉 일부 인용.

뭔 소리야? 잘못 읽었나 싶어 여러 번 읽고 있는데 심한이 내려왔다. 어두워지겠다며 어서 내려가자는 심한을 뒤따르며 입을 연다.

"팀장님, 이거 봐요. 내용이 이상해."

"어, 내가 쓴 거야."

"다 지가 한 거래."

심한이 우뚝 서서 돌아본다. 동시가 먼 산을 바라보고 모른 척했다.

"천계 욕 하나 알려 줄게. 대신 조건이 있어."

차에 오른 동시가 그제야 편하게 앉았다. 심한은 오히려 불편해진 얼굴로 차체 이곳저곳을 두드렸다. 천계인도 기계가 고장 나면 일단 치고 보는군, 어차피 고장 난 걸 자꾸 왜 치는지? 동시가 생각하고 있는데 지지직 소리가 들렸다.

"선배님 ················ 오류·········"

"어? 되네?"

"야, 언제쯤 고칠 수 있어!"

"조심······················"

답답해진 심한이 계기판을 두드리는데 지직거리

는 소음이 더 심해졌다.

"주동시! 그 옆에 좀 쳐 봐. 얼른, 빨리!"

동시가 심한과 함께 차를 두드리는데 연결이 뚝, 끊겼다. 주변이 고요해졌다.

"너 그렇게 세게 치면 어떡해?"

"내가 이럴 줄 알고 정말 살살 쳤거든요? 나한테 난리 칠까 봐?"

"세게 쳐야 연결되지 살살 치면 어떡해?"

심한이 말을 잃은 후 다마스도 괜히 터덜터덜 움직이는 것 같았다. 터덜거리는 다마스가 대로변에 멈춰 섰다. 2차선 같은 4차선 도로였다. 상가가 대부분 문을 닫아 스산한 분위기를 풍기고 있었다. 심한이 차를 세운 곳은 그중에서도 가장 음산한 기운이 감도는 곳이었다. 검은색 테이프가 붙어 있어 내부가 보이지 않고 커다랗게 온천 표시와 함께 '문주장'이라 쓰여 있는 여관이었다. 출입문은 사슬과 자물쇠로 잠겨 있고, '내부수리 중'이라는 안내문이 붙어 있었다.

"와… 여기 팀장님 집이에요?"

동시가 고등학생 때도 있던 곳이었다. 심상하게 걸려 있는 자물쇠를 열려다 심한이 인상을 찌푸렸다. 자물쇠가 열려 있고, 사슬은 안에서 손을 뻗어 두른 듯 느슨하게 감겨 있었다. 심한은 주변에서 방망이를 하나 챙겼다. 당황한 동시도 쭈뼛거리며 사슬을 챙겼다. 대체 어떻게 쓰려는지는 자기도 모르겠지만.

한참 밖에서 안의 인기척에 주의를 기울이던 심한이 로비엔 사람이 없다고 생각하고 조심스럽게 문을 밀었다. 뒤따라 동시도 들어갔는데, 입구부터 검은 발자국 여러 개가 찍혀 있었다. 입구에 심한이 밟지 않은 카펫이 눈에 들어왔다. 검은 먹을 먹인 카펫이었다. 동시가 그 위에 올라 갔다가 얌전히 신발을 벗었다. 발자국을 보니 두 명이었다. 동시는 속으로 팀장이 하나 잡고 내가 하나 잡으면 되겠다 싶었다.

겉으로 봐선 오래된 여관 같았는데, 내부 복도는 한옥이었다. 여관이라는 것을 증명하듯 창호지 바른 미닫이문 앞에 호수가 적혀 있었다.

복도 끝 방에서 시끄러운 소리가 들렸다. 심한이 벽에 붙어 조심스럽게 다가갔다. 동시도 비슷하게 따라갔지만 어설픈 게걸음처럼 보였다. 그러다 발이 엉켜 넘어지는 소리가 복도를 울렸다. 심한이 동시에게 눈으로 욕을 했고, 복도 끝 방도 순간 조용해졌다. 그러다가 갑자기 웃음소리와 악 하는 소리와 함께 문이 열렸고 뛰쳐나온 두 사람이 복도를 향해 달려들다가 동시와 심한을 보고 조금 전보다 더 크게 비명을 지르며 넘어졌다.

무릎을 꿇고 앉은 둘은 근처 남고의 교복을 입고 있었다. '시내 귀신 여관 체험'이라는 이름으로 올린 라이브 영상을 삭제하며 죄송합니다, 다신 안 그러겠습니다 하는 아이들의 목소리는 소리를 질러 쉬어 있었다. 넘어진 동시의 모습이 머리로 걷는 귀신 같아 보였다고 했다.

이 사태를 어떻게 수습할까 내심 궁금했는데, 심한은 아이들에게 비밀 요원이라고 말하면 죽을 수도 있다고 협박했다. 다행히 〈극한직업〉이 천만 관객을 넘어서, 그런 비슷한 상황이라고 하니 이해했고, 또 오면 안 되느냐고 물었다. 아이들을 보내고 들어온 심한은 문 앞에서 뭐라고 중얼거리더니 바깥에 사슬을 걸었다. 다시는 찾아오지 않을 거라고 장담했다. 동시는 왠지 나중에 자신의 기억도 저리 지워지지 않을까 생각했다.

소동이 마무리된 후 심한은 원하는 방 아무거나

쓰라고 했다. 갑자기 팀장이 팀장처럼 보이는 순간이었다. 방 호수는 321, 567, 34, 11, 00. 자기 마음대로 정해 두었다. 동시는 가장 마음에 드는 00000000호를 쓰겠다고 했다. 내부도 깔끔한 한옥이었다. 숙박업을 하면 인기도 꽤 좋을 것 같다고 하니 심한이 머쓱해하며 그럼 돈 내든지, 했다.

동시는 푹 잤다. 이틀 만에 제대로 청한 잠이었다. 전날 네 번의 온천욕에 잠까지 잘 잔 동시의 얼굴에서 광이 났다. 조선의 왕들이 목욕을 하러 온 동네에서 나고 자란 어른들은 '물이 맞는다'라고 표현했다. 각자 나름의 물에 대한 자부심이 있었다. 인정하기 싫었지만 동시의 몸이 물을 기억했다.

하루 사이 얼굴이 뽀얘진 동시 앞에 심한이 토스트를 내놨다.

"아, 나 아침엔 밥만 먹는데."

심한의 눈총에 농담, 하고 토스트를 먹으며 팀장의 브리핑을 들었다. 천계와 연결이 불안정해지다 아예 끊겨 버렸고, 지금으로선 심한이 감지할 수 있는 미세한 천기운을 추적하는 방법밖에 없다.

목욕탕과 어금니 바위를 제외하고 아산에서 천기
운이 가장 강력한 곳으로 가야 했다.

5 온양제일온천초등학교
병설 유치원 미달 사태

전국어린이백일장대회 수상을 축하합니다

경

장원 4학년 김*은   우수 5학년 진*연

가작 3학년 박*영   가작 2학년 김*은

축

온양제일온천초등학교

온양온천은 대체 이 지역의 어떤 아이덴티티일까. 동시는 근 10년간 다른 지역에 살며 온천초등학교라는 이름 때문에 웃는 사람들을 만나 이 이름이 일반적이지는 않다는 걸 깨달았다. 1교시 종이 울려 운동장이 조용했다. 팽팽하게 묶은 현수막이 바람에 나부꼈다. 상장 현수막이 많기도 했다. 어린이 백일장, 어린이야구대회, 어린이 바둑대회, 어린이 육상대회. 어린이들도 참으로 고군분투 중이구나.

동시가 동네에 다른 초등학교가 생기며 전학 가기 전에 골목 전체를 차지했던 문방구나 분식집이 다 없어졌다. 그때 가장 늦게 문을 연, 초등학생의 눈에 세련되고 반짝거렸던 문방구만 70년 전통의 문방구처럼 남아 있었다. 입구를 찾는 심한 옆에서 잠시 감상에 젖어 드는데, 학교 앞이 소란스러워졌다.

기시감이 들었다. 이건, 토요일이다. 동시가 이 학교에 다닐 무렵, 평일 하교 시간은 다 달랐지만 토요일만 되면 12시에 모든 학년 아이들을 동시에 풀어놓았다. 게다가 학교는 당시 지역에서 가장 많은 학생이 다니고 있었다. 5, 6학년들 사이로 팔을 뻗어 겨우 물건을 사야 했다.

동시가 기다리던 토요일만의 특별한 행사가 있었는데, 원래는 고추장 떡볶이만 팔던 분식집에서 토요일에만 특별히 짜장 떡볶이를 팔았다. 토요일 특별 한정판 앞에 초등학생들은 주저 없이 지갑을 열었다. 동시도 토요일의 짜장 떡볶이를 좋아했다. 500원짜리 떡볶이를 그날은 1,000원어치나 먹었다. 떡볶이에서 수

세미가 발견되기 전까지는. 인생 첫 딜레마였다. 그걸 보기 전으로 돌아갈 것인가 말 것인가. 그때 그 짜장 떡볶이 냄새가 지금도 코끝에 맴도는 듯해 숨을 깊게 들이쉬다 지나치게 생생해지는 떡볶이 냄새에 의아해져 눈을 뜨니, 시내에 있는 커다란 김밥집 상표가 붙은 푸드 트럭이 있었다. 그리고 거기서 떡볶이를 저으며 일을 하는 사람은, 엄마?

동시가 자기도 모르게 소리를 지르고 뒤로 돌았다. 슬금슬금 숨는 사이 학교 주변을 탐문하겠다던 심한이 돌아왔다.

"주동시!"

심한의 고함에 동시의 엄마가 즉각 반응해 트럭 밖으로 고개를 내밀었다. 학교 앞 삼거리에 사람들이 모이고 있었다. 동시는 은행나무 뒤로 게걸음으로 가서 심한에게 손짓했다.

"주동시! 뭐 하나?"

동시가 이마를 짚었다. 검지를 들어 조용히 하라고 난리를 쳐 보지만, 동시의 엄마가 국자를 내려놓고 트럭 밖으로 내려오고 있었다. 몸을 숨기기 위해 파란 다마스를 찾는데, 저 멀리 인파를 헤치고 가야 할 위치에 세워져 있었다.

심한이 허둥지둥 숨는 동시에게 걸어왔고, 그 뒤로 동시의 엄마가 주위를 살피며 다가왔다. 주변에 사람들이 점점 많아졌다. 교문 앞에는 노란 머리띠를 두른 사람들이 피켓을 나눠 주고 있었다.

"주동시?"

어수선한 와중에도 이름은 왜 이렇게 잘 들리는 걸까. 그제야 심한도 등 뒤에서 누군가 다가온다는 걸 알아차린다.

"동시야!?"

동시와 엄마의 거리가 채 열 걸음도 되지 않았다.

"주동 씨! 김주동 씨! 성인이 운동하기 싫다고 이렇게 사범을 피해 다녀도 됩니까?!"

심한의 연기에 동시의 엄마가 다가오던 발걸음을 멈췄다.

"어른이 말이야! 모범이 되지는 못할망정!"

"세빈 씨~ 빨리 와, 떡볶이 눌어!"

동시의 엄마가 반가움이 무산된 표정으로 돌아간다. 근데 세빈 씨라고? 드디어 개명을 했나? 세빈은 동시가 어렸을 때부터 엄마가 꿈꾸던 이름이었다. 오랜만에 본 엄마 때문에 잠시 마음이 아련해질 뻔하다가 세빈 씨가 돌아보자 바로 다시 숨었다.

"이 이상한 도복도 가끔은 쓸모가 있군요."

"뭘, 할 일을 한 건데 그렇게 고마워할 필요 없어. 팀원인데 내가 챙겨야지."

이름만 안 불렀으면 되긴 했지만. 하이파이브라도 청해야 하나 싶은데 교문 앞에 모여든 사람들 중 선봉에 선 사람이 확성기에 대고 외치기 시작했다.

"시청은 병설 유치원 미달 사태 책임져라!"

"책임져라! 책임져라!"

"탁상 시정 지속되면! 애들 웃음 줄어든다!"

"줄어든다! 줄어든다!"

'온양제일온천초등학교 병설 유치원 미달 사태 책임져라', '시청 나 몰라라 애들 웃음 줄어든다' 등의 피켓을 든 사람들은 녹색어머니회, 모중 맘카페, 교육시민연대 등 소속도 다양했다.

동시는 넋을 놓고 바라보다 선봉에 선 교육청에 다니던 친구 엄마와 학교 앞 분식집을 하던 엄마 친구의 얼굴을 보고 다시 얼굴을 숨겼다. 시위대가 요란한

꽹과리 소리와 함께 좁은 골목을 빠져나갔다. 밝은데 청사초롱은 왜 켜고 있는지 의문이었다. 골목 사람들의 시선이 시위대로 쏠린 틈을 타 동시는 심한을 끌고 학교 안으로 들어가려 했다.

"잠깐!"

소리의 진원지를 살피니 경비 아저씨가 학교 보안실 문을 열고 매의 눈으로 바라보고 있다. 동시는 최대한 명랑한 목소리로 말했다.

"안녕하세요오. 계셨네요."

"잡상인 안 받아유."

'가는 말이 고우면 오는 말이 곱다'를 천기로 만들어 줄 수 없느냐고 심한에게 당장 묻고 싶었다. 동시는 착해 보이는 미소를 잃지 않는다.

"어… 저희는 잡상인이 아니라 은사님을 만나러 왔는데요."

콧방귀를 뀐다. '웃는 얼굴에 침 못 뱉는다'도 서둘러 천기로 만들어야 한다.

"이, 그려. 그렇게 들어가서 은사님한테 카드 팔고 보험 파는 인사들 한둘 본 줄 아남? 선생님 성함이 뭔디?"

심한이 어린이 바둑대회 수상 명단의 지도 교사 이름을 빠르게 스캔했다.

"최심원 선생님이요."

"최 선생은 잘 쳐 봐야 그짝 또래밖에 안 됐는디?"

"그러니까요. 저 친구는 동창이고요. 여기 선생님이 됐다지 뭐예요? 여기 최심원이를 가르쳐 주셨던 선생님도 계시잖아요?"

있나 보다. 경비 아저씨의 눈꼬리가 길게 늘어진다. 심한은 미소를 유지하며 말을 이어 간다. 최대한 모범생스러운 표정으로.

"사실 저희가 학교 동창인데 이번에 결혼해요. 그래서 심원이랑 선생님께 직접 청첩장을 주려고 하는데… 나올 때까지 기다려야 하나."

경비 아저씨와 동시의 눈이 동시에 커진다. 심한이 좀 더 안타까운 목소리를 냈다.

"물론 밖에서 만나는 게 예의겠지만… 저희가 오랜만에 학교도 둘러보고 싶어서요. 여기도 많이 변했네요…"

경비 아저씨의 얼굴이 조금 밝아졌다. 가장 지루한 오후 2시에 생긴 이벤트였다.

"이이. 그러고 보니까 내가 또 얼굴이 익어, 잉. 어렸을 때 봤으니께 그랬구만. 그려, 여기 이거 쓰고 들어가서!"

동시와 심한은 감사합니다 인사하고 교내 방문대장을 작성한다. 경비 아저씨는 두 사람 다 직접 키운 것 같은 뿌듯한 표정이었다.

"허허, 참 이렇게 선남선녀가 됐구만. 나도 초등학교 씨씨여."

두 사람이 방문증을 목에 걸고 감사 인사를 하고 들어가려는데.

"잠깐!"

동시와 심한이 웃으며 조심스럽게 고개를 돌렸다.

"청첩장 가져온 거 있으면 나도 하나 줘 봐."

동시와 심한의 시선이 부딪혔다. 두 사람의 당황한 기색을 본 경비 아저씨의 말이 빨라졌다.

"이건 좀 너무 갔지? 내가 너무 반가워 가지고, 괜히 주책이여. 갱년기라서 그려. 얼른 들어가 봐요."

동시는 어떻게 답해야 하나 난감한데 심한이 동시에게 다정하게 붙으며 말했다.

"아니요, 주책 아니세요. 하필 지금 딱 두 장만 들

고 와서요. 오늘 드린다고 약속을 해 가지고. 제가 따로 보내 드리겠습니다."

그제야 아저씨가 환해진 얼굴로 다시 말했다.

"그려, 고마워. 이뻐, 들어가 봐요."

"이렇게 많이 변할 동안 학교를 지켜 주시는 게 감사하죠."

두 사람은 고개 숙이고 학교 안으로 들어갔다.

운동장을 한참 들어와서야 동시가 딱 붙어 있던 심한에게 떨어지며 흘겨보았다.

"거짓말이 수준급이시던데."

"이게 내 일인데."

"나한테도 벌써 거짓말 몇 개 한 것 같은데."

"내가 그럴 거라고 말했을 텐데."

"…"

"뭐가 불만인데?"

"…너무 좋아하셔서 죄송하니까 그렇죠."

"최심원 선생이 우리가 찾아간 적 없다고 알려 주면 잡상인이라고 생각하실 거야."

동시의 마음이 더 불편해졌다. 심한은 동시를 보며 저렇게 마음을 못 숨겨서야 세상살이 고달프겠군,

생각했다.

"뭐 그럼 경비 아저씨 실망 안 시키려고 나랑 결혼이라도 할 거야?"

뭐래? 펄쩍 뛰고 앞장서는 동시의 뒤를 심한이 따른다. 그러면서 운동장을 한 번 둘러봤다. 어린 경비 아저씨가 운동장에서 뛰어놀던 모습이 눈에 보이는 듯했다. 관심이 가던 여자아이에게 꽃을 꺾어 주던 장면까지.

심한은 동시를 데리고 주차장으로 갔다. 교직원들의 차가 빽빽하게 들어서 있었다. 방문객들이 가장 먼저 볼 수 있는 곳은 깔끔하게 리모델링 되었지만, 주차장 뒤편은 풀이 무성했다. 버려진 구역은 어렸을 적 동시가 놀던 때와 별로 다른 점이 없어 보였다. 심한은 주차장 구석에 있는 하얀 집 모양의 조형물 앞에 섰다.

"이게 뭐지?"

"백엽상이잖아. 자기네 학교라고 아는 척하더니."

"백엽상이 아니라 흑엽상 같으니까 못 알아본 거죠."

본래 과학 시간에 온도와 습도를 재는 체험 활동

을 하기 위해 만들어진 백엽상이 코로나 이후 관리되지 않아 색을 잃고 방치되어 있었다.

　심한은 백엽상 문을 열었다. 제 기능을 하지 못하는 습도계와 99도를 가리키는 온도계가 방치되어 있었다. 심한이 손을 쑥 집어넣어 꺼낸 것은 지저분한 내부와 어울리지 않는 하얀 인형과 부적이었다. 연결이 끊길 만했네, 중얼거리며 부적을 태워 없애고 인형을 소매에 넣은 심한의 표정이 심란해 보였다.

　"이런 게 얼마나 있을지 모르겠네."

　평소에도 유쾌한 낯빛은 아니었으나 급격히 무거워진 분위기에 동시까지 덩달아 말이 없어졌다. 다만 천기연구회 소행일 것이라 짐작하며 주차장을 빠져나왔다.

　심한이 학교를 더 둘러보겠다며 사라졌다. 홀로 남겨진 동시의 눈에 들어온 건 운동장 왼편 구석, 강당 앞 스탠드에 모인 아이들이었다. 쉬는 시간 10분에도 놀기 위해 최선이었다. 귀신의 위치를 찾아 주는 휴대폰 어플리케이션과 그와 어울리지 않는 '괴담집'이라고 쓰인 오래된 공책을 들고 있었다. 어린이를 너무 오랜만에 봐서 귀여웠고, 졸업 전에 전학 간 학교에 애교심이 있진 않았으나 비슷한 순간을 공유하고 있다는 모종의 연대감이 들어 괜히 말을 걸고 싶어졌다.

"괴담 모으는 거야?"

"알지도 못하면서 아는 척은."

방해꾼에게 냉소적으로 답한 아이들은 학교 괴담 얘기를 이어서 했다. 100개를 모으면 죽는다는데도 다 모으려는 심리는 무엇일까. 그중 한 아이가 말했다. "중앙 계단 두 번째 칸 오른쪽을 오른발로 밟으면 안 된다는 건 다들 알지?" "왜?" "거기에 인간이 번호를 매긴 쥐가 죽어 있는데 거길 밟으면 그 복수를 밟은 사람에게 한대."

친구들이 믿지 않자 말을 꺼낸 아이는 의기양양하게 운동장을 가로질렀다. 동시는 급하게 아이들을 따라갔다. 학교 중앙 계단은 두 번째 계단만 너무 깨끗했다. 의기양양한 아이와 공포와 기대로 상기된 아이들. 그리고 동시는 믿기지 않았다. 동시가 두 번째 계단에 털썩 주저앉자 아이들이 어어어 소리를 지르며 한마디씩 했다. 흥분한 아이들의 목소리가 운동장으로 흩어졌다. 두 번째 계단의 번호 매긴 쥐는 열한 살 주동시가 만든 괴담이었다. 수업 종이 울렸다.

동시는 너무 흰 두 번째 계단을 보며 감상에 젖었다. 분명 많은 게 변했지만 그대로인 것들이 있었다. 자기가 만든 얘기가 여전히 존재해 입에서 입으로 전해지는 것이 신기하면서도 기분이 썩 괜찮았다. 손대는 것마다 실패는 아니었구나. 또 다른 인형이 없는지 학교 내부를 정찰 다녀온 심한이 다가왔다. 신난 동시는 아이들 얘기를 하며 묻지도 않은 학교 이야기를 들려주었다.

"스탠드 옆에, 강당 뒤에 숨을 공간이 있는 건 모르죠? 아는 척 엄청 하는데 그런 건 학교 다녔던 사람만 안다고요. 거기에 그들이 뭔가 흔적을 남겼을지도 몰라요. 따라와 봐요."

심한은 들뜬 동시를 지켜봤다. 지금 장난 같냐고 한마디 하려다가 적극적인 게 나쁠 건 없다는 생각이 들어 그냥 두었다. 들뜬 목소리를 따라 강당 옆 계단을 지나 스탠드 구석으로 갔다. 강당과 스탠드가 만든 사각지대가 있었다. 뭐든 뛰어내리고 기어오르기 좋아하는 엉덩이 가벼운 초등학생들이 작당하기 최적인 장소였다. 동시가 들떠서 스탠드 밑으로 쏙 들어갔다.

"악!"

두 사람의 비명이 동시에 들렸다. 심한이 구멍을 내려다보았다. 동시가 웅크려 있는 사람을 밟고 있는 형상이었다. 놀란 동시가 벽에 달라붙자, 깔려 있던 사람이 일어나 마주 보았다. 동시 또래의 여자였다. 또래 여자가 먼저 동시를 아는 체했다.

"교장쌤 딸?"

"김쌤딸?"

김 선생님 딸, 일명 김쌤딸이 구석에서 휴대폰을 하다가 봉변을 당한 표정으로 동시를 보고 있었다. 뜻밖의 장소에서 만난 뜻밖의 인물에 동시는 주먹을 살짝 쥐었다. 10년 전의 머리카락 감촉이 느껴지는 듯했다. 괜찮냐는 심한의 물음에 동시와 같이 올려다본 김쌤딸의 입에서 뜻밖의 말이 나왔다.

"정 박사님?"

6 모르는 동네

처음부터 재수 없는 애는 아니었다. 친한 친구는 아니었어도 작은 동네에서 선생님 딸이라는 고충을 나누며 단짝에게 못하는 이야기도 하곤 했다. 성격도 노는 친구들도 너무 달라서 서로의 친구들이 '너 쟤랑 친해?' 하며 의아해했고, 동시는 그 물음에 대개 웃고 말았다.

문제는 그 집에 놀러 간 날 일어났다. 대체 부모님들은 왜 첫째의 방에 컴퓨터를 넣어 주는 것일까. 첫째들은 자기 방에 있으니 컴퓨터도 당연히 자기 거라고 생각했다. 그들은 당연한 게 많았다.

역시나 으레 첫째들이 차지하는 현관 바로 옆 김

쌤딸의 방에서 김쌤딸의 동생 김쌤아들이 컴퓨터를 하고 있었다. 동시도 해 본 적 있는 게임이었다. 캐릭터에게 직업을 부여하고 모험을 떠나야 하지만 직업을 선택할 때마다 다른 직업이 더 즐거워 보여 흥미가 떨어졌다. 김쌤딸이 나오라고 하자, 김쌤아들은 한 판만 하고 나오겠다고 했다. 동시가 앉아서 기다리려는데 김쌤딸은 동시에게 한 번도 보인 적 없던 표정과 목소리로 고함을 질렀다. 동시가 됐으니 다른 거 하고 놀자고 했지만, 김쌤딸은 이미 동생이 자기 말을 듣지 않아 화가 나 버린 것 같았다.

무서운 목소리로 우리 지금 공부할 건데 네가 안 비켜서 내 인생 망치면 책임질 거냐고 꺼지라며 소리를 질러 댔다. 심장이 빨리 뛰기 시작한 동시는 낯선 집에서 느끼게 된 기시감의 정체를 알아차렸다. 주동화가 매일 하는 말과 짓는 표정이었다. 동시는 동생이 여기서 구시렁거리면서 나가면 한마디만 듣고 끝날 걸 알고 있었다. 그런데 김쌤아들도 누나 친구 앞에서 자존심이 상해서 버텼고, 김쌤딸의 폭언이 심해졌다. 결국 "그만하라고, 미친년아" 하며 머리채를 잡은 건 동시였다. 언니를 마지막으로 들이받았을 때와 같은 멘트였다.

김쌤아들은 잠시 후련했으면서도 누나가 맞자 곧 누나 편을 들었더랬다. 웃기지도 않았다.

* * *

엄마가 왜 이렇게 집에 안 내려오냐고 할 때마다 동시는 뾰족하게 설명할 길이 없었다. 자리 잡으면 가 겠다는 전제가 마련되지 않아서, 그런 채로 내려가면 안온함에 다시 돌아가지 못할까 봐. 가지 못하는 날짜 만큼 이유가 늘어 갔다. 모든 게 다 이유가 됐지만, 동 시도 몰랐던 이유가 불쑥 나타났다. 이곳은 나의 미숙 함을 너무나 잘 아는 동네였다.

하필 그곳에서 가장 먼저 만난 사람이 김쌤딸이 라니. 서로의 미숙함을 마지막 기억으로 가지고 있는 아이들은 그때의 내가 아니라는 걸 보여 주려고 최대 한 어른의 표정을 지었다. 어디서 일하는지, 지금은 어 떤 사람이 됐는지 바쁘게 알려 주어야 했다.

자랑은 인간의 DNA에 각인된 전투 본능을 충족

시키는 데 아주 효과적이다. 그것은 자기를 지킬 방패이자 공격할 무기였다. 전투 시작 전에 상대의 자랑 공격에도 무너지지 않을 진영이 마련되어야 한다. 아무것도 이루지 못하고 돌아온 동시는 방패도 총알도 없이 적의 진영으로 들어간 셈이었다.

김쌤딸은 시청 홍보과에 취직했다고 했다. 오늘은 시위 때문에 시청 막내들을 총출동시켰고, 1년 전 들어온 김쌤딸은 당연히 차출 명단에 포함됐지만 몰래 빠져나와 여기 숨어 있었다. 여전히 재수 없었다.

운동장을 가로질러 가면서 심한과 김쌤딸의 화기애애한 뒷모습을 한 걸음 뒤에서 지켜보았다. 김쌤딸이 고개를 돌려 동시에게 말을 건넸다.

"동시 너는 이해가 되니? 애들이 안 태어나는 걸 어쩌라고? 삼신할머니도 워라밸 챙기실 때가 됐잖아."

그러면서 안고 있던 자기 몸만 한 클리어 파일을 놓칠 뻔했다. 누가 훔쳐 가기라도 하는지 심한이 나눠 들겠다고 해도 기어코 혼자 들겠다고 우겼다. 딱히 할 말이 없었던 동시가 질문으로 답했다.

"그럼 넌 아산에 쭉 있었던 거야?"

"아산?"

진짜 동네 사람이라는 걸 인증하는 방법들이 있다. 택시에서 없어진 건물명을 목적지로 말하거나, 이제는 사용하지 않는 옛 지명으로 부르거나. 이런 방법들은 이어졌던 것들이 끊어지지 않았음을 확인하게 했다. 예를 들자면 아산은 대외적 이름이고 '우리'는 서로 온양이라고 부르는 것이 암묵적인 룰인 것처럼.

　"근데 너는 온양에 어쩐 일이야? 지영이가 그러던데, 너 절대 안 온다고."

　"너 나 본 거 어디 가서 말하면 진짜 죽는다. 특히 너희 아버지나 학교 애들이나… 아무튼 말하지 말아 줘. 금방 다시 올라갈 거야."

　동시가 순간 고상함을 잃었다. 이제는 선빵을 치는 게, 먼저 속내를 드러내는 게, 평정을 잃는 게 지는 것임을 잘 알면서도. 김쌤딸은 돌아보며 여유 있게 대꾸했다.

　"내가 너처럼 친구가 많은 것도 아니고 말할 데도 없거든. 걱정하지 마."

　다른 사람 더 만나기 전에 동네를 떠야겠다. 다짐을 받아 낸 동시는 아까부터 궁금했던 걸 물었다.

　"근데 둘은 어떻게 아는 거야?"

홍보과의 김쌤딸은 지역의 잊힌 것들을 모아 재정비하는 작업을 하고 있다고 했다. 심한은 행궁 터를 복원하는 과정에서 만나게 됐고, 심한을 대충 근처의 어느 지역학 박사쯤으로 알고 있었다. 너무 많은 도움을 받아 감사하다고, 잊힌 생활사 복원에 큰 도움이 되었단다. 자기가 살았으니 잘 알겠지. 하는 말 반쯤은 거짓말인데, 그걸 철석같이 믿고 있을 김쌤딸에게 잠시 안쓰러움이 일었다.

안쓰럽다는 말이 함께하겠다는 뜻은 아니었는데. 동시는 다마스 앞자리 가운데 끼어 앉아 있었다. 운전석에 심한이, 그리고 포스터를 끌어안은 쌤딸이 반대쪽에 앉았다. 쌤딸의 파일이 동시의 턱을 툭툭 건드렸다.

"그 검은 것 좀 뒤에 실을 순 없었을까?"

쌤딸은 대답 대신 포스터 파일을 끌어안았다. 동시는 들으라고 한숨을 내쉬었다. 자리가 사람을 만든다더니 앉아 있는 자리가 좁아지니 자연스럽게 이해심도 줄어들었다.

놀이공원으로 소풍을 가는, 말 그대로 소풍을 즐

기는 청소년들이 있는가 하면, 대부분은 소풍을 (열 번도 더 가 본) 지역 관광지에서 때우고 출석만 하고 집으로 돌아가는 청소년들도 있었다. 대체 그 지겹도록 본 것들 중에 어떤 특별한 게 있기에 저렇게 꼭 끌어안고 있을까.

서울에서도 지역과 맛집을 소개해 주는 저녁 프로그램을 틀어 두면 종종 등장하는 곳들이었다. 일단 TV에서 보면 반가웠다. 레퍼토리는 나올 때마다 비슷했다. 마무리즘 '~으로 가 보는 건 어떨까요?' 하면 괜히 뾰로통하게 안 가요, 하고 채널을 돌리곤 했다. 동시의 말을 한참이나 듣던 김쌤딸의 입가에 어린 미소를 봤다.

"넌 진짜 아무것도 모르는구나."

로맨틱 코미디에서는 귀여운 투정일 이 말은 진짜 별로 아는 게 없다고 생각 중이었던 동시에겐 비수고 시비였다. 동시가 뭐라 대꾸하기 전에 김쌤딸이 소중하게 안고 있던 포스터 파일을 펼쳐 올렸다. 너무 커서 동시의 무릎까지 올라왔다. 순간 시야가 가려져 심한의 미간이 좁아졌다.

김쌤딸이 펼친 파일에는 녹색 빛이 도는 낡은 지

도가 여러 장 있었다. 처음 보는 지도였다. 각기 다른 크기의 종이들을 조심스럽게 넘기며 물었다.

"이게 어딘 줄 알아?"

옛 가옥의 건물 배치도였다. 낡아서 부서질 것 같은 게 심한이 가지고 있던 천계 서류들과 별 다를 바 없어 보였다. 칸수는 많지 않아도 큰 건물이었다. 종이 안에 힌트가 있을까 싶어 살펴봤지만, 글자는 보이지 않았다.

"혜파정이야."

처음 듣는 이름이었다. 이건 혜파정, 여긴 함락당, 이건 행궁 복원도, 그리고 가장 초기 영괴대. 낯선 이름들을 줄줄이 내뱉는 김쌤딸의 손길은 조심스러웠지만 표정은 설레 보였다. 간혹 동시가 손을 대려고 하면 부지런히 쳐내는 것도 잊지 않았다.

동시는 처음 들어보는 이름들이었다. 생경한 동시의 반응에 김쌤딸의 표정이 상기됐다.

"들어 본 적 없는데."

"아, 지금 있는 건 아니고. 영괴대는 너도 본 적 있을 건데."

사도세자가 와서 만들었다는 영괴대. 정약용이 보

통 사람들은 휴가라고 부를 열흘의 유배를 온양온천으로 왔다가, 방치된 영괴대에 대해 정조에게 고하자 눈물을 흘리며 보수를 명했다는. 처음 들었다. 김쌤딸은 영괴대 사진을 보여 줬다.

동시도 눈에 익었다. 시내 중간에 있는 관광호텔에 있는 비각. 초등학교 시절 전학 가기 전까지 동시가 다니던 길이었다. 학교 가기 싫은 아이가 있고 집에 가기 싫은 아이가 있다. 동시는 두 포지션을 자유롭게 이동하던 아이였다. 그날 어디에 가기 싫었는지 기억나진 않지만 괜스레 빙빙 돌아가다가 길을 잃었고, 그 비각 앞까지 간 것이다. 비각 옆으로 난 좁은 길은 호텔을 가로질러 학교로 가는 지름길이었다. 메인 건물과 담벼락을 사이에 두고 어린아이 두 명 정도가 나란히 설 수 있을 너비의 길이었다. 검은 돌이 깔려 있고 나무 밑동을 잘라 발판을 만든 길이 건물 뒤편을 돌아나 있었다. 건물에 뚫려 있는 환풍 구멍으로 온천의 열기가 뿜어져 나왔다. 대나무를 잔뜩 심어 두어 숲 같다는 생각이 들었다. 동시는 굳이 눈치를 보면서도 그길로 다녔는데, 거기 있는 비석이 바로 영괴대였다. 너무나 익숙한 인물들이 이 자리를 지났다고 생각하니 오히려 낯설게 느껴졌다.

말을 타고 이 길을 달렸을 사도세자를 동시가 떠올리는 사이, 김쌤딸은 영괴대보다 신나게 자신의 조사 분야인 혜파정과 함락당, 온양행궁 복원도를 보여 주었고, 그사이 심한은 목적지에 도착했다.

심한이 김쌤딸의 목적지에 차를 세웠다. 보통 중소 도시에서 유행하는, 기존 동네 이름에 신(新) 자를 붙이고 각종 프랜차이즈 술집들이 즐비한 동네였다. 원룸과 음식점 사이 묘하게 위화감이 드는 미색 건물 앞이었다. 건물 앞에 팻말에는 '온양시 온천 가호대'라고 적혀 있었다.

김쌤딸이 내려 파일을 소중하게 챙겼고, 동시는 그제야 다시 편하게 자리를 잡았다. 김쌤딸이 문을 닫으려다 말했다.

"같이 올라가지 않을래? 않으실래요?"

"내가 왜?"

"너 중학생 찾는다며. 이 동네 요즘 애들 많이 오는데, 같이 가 주면 나도 도와줄게."

왜 왔는지 둘러댈 게 없어 솔직하게 뱉은 말이 화

근이었다. 몇 년 만에 만든 일자리인지, 그 아이를 당장 찾아야 자취방을 안 빼도 되느니 하는 얘기까지 줄줄 내뱉기 전에 말을 멈춰서 다행이지만, 달갑지 않으나 필요한 호의가 돌아올 줄은 몰랐다. 동시가 머리를 굴려 보는 사이 이미 김쌤딸 옆에 선 심한이 안 내리냐는 듯한 눈빛을 보내고 있었다.

동시는 심한과 김쌤딸과 함께 얼결에 온천 가호대 사무실에 앉아 있었다. 원룸 꼭대기 층을 모두 터서 만든 사무실엔 방 두 개와 화장실이 있었는데 문에 붙어 있는 명패는 무려 회장실과 이사장실이었다. 화장실 앞에는 '열 길 물속은 알아도 한 길 사람 속은 모른다'라고 적혀 있었다. 책등에 한자뿐인, 영원히 그 자리에 있었을 것만 같은 책들이 가득 꽂혀 있는 책장과 벽이며 선반엔 박물관에서 볼 법한 골동품들이 있었다. 선반마저 사극 미술팀이 당장 가져가고 싶어 할 만한 물건이었다. 지은 지 얼마 안 되는 공간을 아주 오래된 물건들이 뿜어 내는 기운이 채우고 있었다. 동시는 귀가 아픈 것 같았다. 이사장실에서 회색빛 머리를 한 중년 여자가 나왔다. 아마 이사장일 그분은 김쌤딸을 반갑게 맞았다. 김쌤딸은 정 박사와 그 조수라며 둘을 소개했다.

검은색 소파 상석에 이사장이 앉았고 그 앞에 김쌤딸과 심한, 동시가 앉았다. 김쌤딸은 채 앉지도 않고 파일을 열며 말했다.

"드디어 찾았어요!"

차에서 보여 주었던 혜파정과 함락당의 구조도를 보여 주었으나, 동시는 아무리 봐도 국립중앙박물관에서 본 지도와 다른 점을 알 수 없었다. 심지어 크기도 훨씬 작아 보였다. 그러나 다른 세 사람은 보물이라도 본 듯 관심을 드러내고 있었다.

"이게 있으면 이제 정말 혜파정과 함락당이 정확히 어디 있었는지 알 수 있어요."

"큰일 했어요, 김 주무관."

김쌤딸은 혜파정과 함락당이 원래 있던 자리는 지금껏 예상했던 곳과 조금 다르다, 아마 참고해 왔던 1920년대 기사부터 잘못 전해진 것 같다, 라고 얼른 사람들에게 알리고, 조사 방향을 바꿔야 한다는 얘기를 숨도 안 쉬고 했다.

억지로 하품을 참던 동시가 사무실을 마저 둘러봤다. 거대한 아산 지도가 한쪽 벽을 차지하고 있었다.

동시는 집이 어디쯤인지 가늠해 보기 시작했다. 근처의 오래된 초등학교를 찾았는데, 그 주변에 찢어진 자국이 있었다. 유심히 보려는 참에 세 사람의 대화가 끝났다.

김쌤딸은 약속대로 여기까지 데려다 줬으니 과외생 찾는 것을 도와주겠다는 호의를 베풀었다. 적당히 거절하고 헤어지려 했으나 동네에 뭐가 생겼는지 알 수가 없었고, 심한보다 도움이 될 것은 분명해 보였다.

사무실이 있던 골목을 벗어나 큰길로 나오자 낯선 풍경이 펼쳐졌다. 원룸이 빼곡히 있는 골목들도, 유명 프랜차이즈가 줄 지어 있는 것도 신기했다. 티 내지 않으려고 했는데 자기도 모르게 갓 상경한 사람처럼 말했다.

"아트박스가 생겼어… 스타벅스가 있네? 올리브영이 몇 개야? 대형 영화관도 들어온 거 아냐?"

주동시가 난생처음 영화를 보러 간 동보극장이라든지(영화는 〈집으로〉였다) 온양극장, 아카데미극장은 동시가 추억을 쌓을 틈도 없이 문을 닫았다. 문을 닫는 영화관이 가지는 쓸쓸하고 다채로운 추억 따위는 서울에 있던 극장에게만 주어지는 특권이었다. 극장의

외경이 궁금해진 주동시가 열심히 검색 레이더를 돌렸지만 흔적조차 찾기 힘들었다. 구전으로만 전해지는 영화관이 되었다.

작가 지망생이던 동시의 친구가 이 이야기를 듣고 쓴 소설로 작품 활동을 시작했다. 사라진 영화관에서 같은 영화를 본 사람들의 이야기로, 그 영화는 개봉한 적도 없고 배우들도 존재하는 사람이 아니더라, 그런데 그 영화를 봤다는 사람들에게 이상한 일이 벌어지기 시작하는데… 하는 내용이었다. 어떤 추억은 호러가 된다.

동시는 고등학생 때까지 영화관에서 영화를 보기 위해선 30분 정도 차를 타고 도에서 가장 큰 옆 도시로 가야 했다. 큰 도시에서 나고 자란 친구들에게 이 얘기를 하면 공감받기 힘들었다. "메가박스가 없으면 CGV에 가면 되잖아"라거나 "지금은 CGV가 몇 개야?" 하고 물었다. CGV가 있는지를 먼저 물어야지, 속으로 생각하는데 "나도 아맥 가려면 용산까지 30분 걸려"라는 친구도 있었다. 동시를 놀리고 싶은 친구는 〈검정고무신〉 보면 공감 가겠다고 했고, 그럴 때면 동시는 하고 싶은 말들을 접어 두고 "그때 미군이 준 초콜릿

참 맛있었는데" 하며 같이 웃는 수밖에 없었다. 그러지 않고 발끈하면 지방 애들 자격지심 있다는 소리가 따라왔기 때문이다. 동시와 같은 도의 한 군에서 자란 친구는 그 광경을 보고 군에서 나눠 준 티켓으로 군민회관에서 〈왕의 남자〉를 봤다는 말을 삼켰다. 그들이 스스로를 지키는 방식이었다.

동시는 그래서 더 이해가 안 됐다. 사라진 지 20년도 안 된 영화관도 잊히는 마당에 100년 전에 사라진, 어디에 있었는지도 모를 건물을 복원해서 뭘 하겠다는 말일까.

"어때, 많이 변했지?"

말하는 로드뷰가 된 동시 옆에 김쌤딸이 섰다.

"이 브랜드 없어서 2년 동안 기프티콘 기간 연장하다 놓쳐서 환불받았는데."

유명하지만 지점이 수도권에만 집중되었던 디저트 가게가 내부 수리 중이었다. 로고 밑에 웃는 얼굴을 한 도넛이 곧 만나자는 메시지를 전하고 있었다.

"서울 가서 먹으면 됐잖아."

동시가 도로에 있는 가게들 안에서 주현을 찾으며 말했다. 사진 같은 거 있냐고 묻는 김쌤딸에게 동시가 못이기는 척 사진을 보여 주었다. 의외로 열심히 찾고 있던 김쌤딸에게 동시가 오히려 묻는다.

"그러는 넌, 서울 살고 싶어 했던 건 너 아니었나?"

동시는 기억이 또렷하게 나면서도 괜히 기억의 조각을 가물거리며 맞추는 척을 했다. 김쌤딸은 아무렇지 않게 잘 안 맞아서 돌아왔다고 했다. 장래 희망에 상경이라고 적었던 아이였다.

"생각해 보니까 서울로 올라간다는 말이 좀 이상한 거야. 왜 올라간다고 할까? 계급도 아니고."

"지도상으로 위쪽에 있으니까 그렇겠지."

"그럼 너 의정부, 포천, 연천 사람이 서울 내려간다 하는 거 봤어?"

동시는 할 말이 없어 걷기 시작했다. 눈앞에 원룸 임대 표지판이 보였다. 계급이라면 더 빨리 올라가야지. 동시는 마음이 급해졌다. 이 방법도 틀렸나. 차라리 천계와 연결을 이어 위치를 알아내는 게 더 빠르지 않을까.

그런데 심한이 보이지 않았다. 동시가 주위를 둘러보다 올리브영에서 미스트를 분사하고 있는 심한을 발견했다. 동시는 김쌤딸에게 건너편 고깃집 골목을 가리키며 부탁했다.

"혹시 저쪽 좀 봐 줄 수 있어?"

김쌤딸이 그러마 하고 떠나자 동시가 빠르게 매장 안으로 들어갔다. 필요한 게 있으면 말씀해 달라는 목소리가 청아하게 들렸다. 심한이 동시에게 했어야 하는 말이었다.

"뭐 해요? PPL 해요? 왜 뜬금없는 타이밍에 미스트를 뿌리고 있어?"

"나에게 주는 휴식."

"휴우우우시이익?"

동시가 이 답답한 양반아, 하려는데 심한이 대뜸 펄럭거리는 소매를 걷어 올렸다. 고양이에게 긁힌 듯한 스크래치가 나 있었다. 그런데 상처 밑이 붉은색이 아닌 아주 짙고 깊은 검은색이었다. 동시가 놀라 들여다보자 심한이 소매를 내렸다.

"너무 오래 보면 다쳐."

"괜찮아요? 왜 그래요?"

"인간계용 수트가 갈라지고 있어. 수분 보충하면 괜찮을까 해서."

"…거 되게 신기하고 동물적이네. 그러면 팀장님

진짜 얼굴이 아니고 가죽이야?"

심한이 으쓱하고 말자, 괜히 미안해진 동시가 다른 미스트 샘플을 집어 든다.

"어떻게 생겼을까… 아니, 이걸로 뿌려 봐요. 80만 개 팔렸대. 이건 어때요. 1분에 하나씩 팔린대."

"헤어용이야."

그러네, 하고 내려놓으며 동시가 신경질적으로 말했다.

"이제 주현이 찾으러 가죠? 팀장님 상태도 더 이상 시간 끌면 안 되겠네. 천계 연결할 방법을 알아내서 그 할머니 있는 데 찾아가요."

"지금 방법을 찾고 있잖아."

"찾긴 뭘 찾아, 지금. 옛날 지도만 가지고 하하 호호 난리더만."

"이게 지금 다 찾는 과정 중에…"

두 사람이 미스트를 뿌리며 언성을 높이자 사람들이 멀리서 힐끔거렸다. 그때 끼악, 하는 높은 비명이 들렸다. 미스트를 양손에 든 두 사람은 굳어서 서로를 쳐다보았고, 더 높은 비명이 이어졌다.

밖으로 뛰쳐나오니 벌써 사람들이 웅성거리고 있

었다. 김쌤딸에게 살펴봐 달라고 했던 고깃집 골목 앞
이었다. 예감이 안 좋았다. 사람들 사이를 비집고 들어
가자 김쌤딸이 쓰러져 있었다. 머리는 잔뜩 헝클어졌
고, 눈을 가늘게 뜨고 있었다. 동시가 먼저 달려갔다.
다행히 숨은 쉬었다. 제대로 눕히려고 하는데 손바닥
에 액체가 닿았다. 피.

　동시가 놀란 사이 심한이 다가와 김쌤딸을 제대
로 눕혔다. 머리에서 나는 피였다. 심한이 출혈 부위를
살피고, 주변 사람들이 달려들어 돕기 시작했다. 한 발
밀려난 동시가 멍하니 있다가 "119에 신고했나?" 하는
행인의 혼잣말에 정신이 번뜩 들어 휴대폰을 꺼냈다.
금방 신호가 넘어갔다.

　심장이 빨리 뛰고 귀가 뜨거워진 동시가 가까스
로 입을 열었다. 사람이 다쳤어요. 구급대원이 거기가
어디냐고 묻자 괜히 울컥했다. 모르겠는데… 주위를
둘러보던 동시가 올리브영 용하점이요, 하고 답한다.

　좁은 골목으로 응급차 소리가 밀려 들어오고, 구
급대원들이 김쌤딸을 실었다. 그제야 뒤로 물러선 심
한이 동시를 안심시켰다.

　"괜찮을 거야. 가서 사진 찍으면 돼. 나 의사 면허

도 있어."

　이번만큼은 거짓말이 아니길 바랐다. 구급대원이 보호자를 찾자, 심한이 구급대원에게 어떤 처치를 했는지 빠르게 말하고 동시를 차로 올려 보냈다.

　"따라갈게."

　동시는 나중에야 심한이 그렇게 말했다는 걸 알아차릴 정도로 정신이 없었고, 자기도 모르는 사이에 김쌤딸의 손을 붙잡고 있었다. 김쌤딸이 손에 쥐었던 게 동시의 손으로 넘어왔다. 병원에 도착했다. 동시가 다래끼를 째고 맹장 수술을 했던 익숙한 병원이었다. 김쌤딸을 의료진이 건네받고 처치실로 옮겼다. 동시는 다리가 풀려 주저앉았다. 심장이 주체할 수 없게 뛰었다. 그때 손에 힘이 풀려 쥐었던 물건이 떨어졌다. 젓가락보다 조금 두껍고 짧은 나무 막대기, 그리고 엉킨 머리카락이었다.

　동시가 주현의 사진을 넣어 다니던 지퍼백에 막대기와 머리카락을 넣는데, 파란 다마스가 주차장으로 들어왔다. 동시는 운동회에서 엄마, 아빠를 발견한 초등학생처럼 달려갔다. 심한은 김쌤딸이 쓰러져 있던 곳이 CCTV 사각지대였고, 주변 사람들이 누군가 싸우는 소리를 들었다고 말해 주었다.

"아, 그거 어딨지."

동시는 그제야 김쌤딸이 애지중지 들고 다니던 파일이 생각났다. 심한이 말을 하려는데 의료진이 다가와 보호자냐고 물었다. 동시가 아니라고 하자 의아한 표정으로 다시 물었다.

"가족들 연락처 아세요?"

"아, 잠시만요."

동시는 아빠에게 전화를 걸었다. 숨어 있을 때가 아니었다. 신호가 가는 사이 진동이 울렸다. 동시가 화면을 보려는데 건너편에서 "여보세요" 하는 소리가 들려왔다.

"아빠, 김쌤 번호 좀 알려 줘."

"뭐?"

"아, 빨리!!"

"여보세요?"

하필 같이 있을 게 뭐야. 횡설수설하며 일단 빨리 오셔야겠다고 마무리한 동시가 전화를 끊었다. 고종의 전화를 받는 신하처럼 예를 갖춰 김쌤과 통화하던 동시는 털썩 쭈그려 앉았고, 이내 으아아아아악 소리를 질렀다. 심한이 이상하게 쳐다보는 사람들을 다시 갈길 가게 하는데, 다시 진동이 울린다. '니이따보자!' 화난 아빠 전용 이모티콘과 함께 도착한 카톡이었다. 한숨을 내쉬는 동시의 시선에 모르는 번호로 온 메시지가 걸렸다. 전화 신호가 갈 때 울렸던 진동이었다. 동시가 메시지함에 들어갔다. 뜻을 알 수 없는 짧은 문자 메시지가 한눈에 들어왔다.

wEARETHE

갑자기 밝아진 화면에 눈앞이 뿌옇게 보였다. 동시는 손바닥으로 눈을 꾹꾹 찍어 내고 한참이나 문자 메시지를 들여다본다. 동시의 상태가 이상하자 심한이 다가와 옆에 붙어 문자를 같이 확인하고 인상을 찌푸렸다. 이게 무슨 말인데, 입으로 중얼거리며 발음해 보고, 한 글자씩 읽어도 보는데 도저히 모르겠다는 표정이다. 심한이 단어를 읽고 뜯고 음미하는 사이, 동시는 막막해졌다. 무슨 말인지 너무 잘 알았기 때문이다.

아마 대문자 설정을 반대로 했을 이 문자는…

Wearethe

We are the

위아더회군

회군하라. 김주현이 메시지를 보내왔다.

7 혜파정(惠波亭)

청소년기의 주동시는 자기 이름보다 교감쌤 딸로 더 많이 호명됐다. 아닐 땐 주동화 동생, 서울의대 동생… 저마다 자기가 가치 있다 생각하는 이름으로 불러 댔다. 안타깝게도 주동시가 큰 비율을 차지하진 못했다. 그래서 주동시에겐 자기 이름을 지키느라 조급했던 시절이 있었다.

열여섯, 주현과 같은 나이였다. 고등학교 입학 시험 전날 교과 선생님이 교무실로 따로 불렀다. 졸던 동시는 긴장한 채 갔다가 동그랗게 개별 포장된 초콜릿 세트를 받았다. 언니처럼 시험 잘 보라고. 교사들이 자녀들에게 돌리는 초콜릿은 일종의 주니어 축의금 같은 거였다.

이런 특별 취급이 싫지는 않았다. 이걸 나눠 주며 아이들에게 한 번 더 둘러싸일 수도 있었다. 하지만 예민한 시기였고, 교사용 문제집을 받고 빈정거리던 반 친구와 대판 싸웠다가 학교생활이 고달팠던 차였다.

감사하다고 인사하고 교무실을 나온 동시는 한동안 막막해져 초콜릿이 몇 알인지 세며 복도를 걸었다. 형님들을 위해 따로 빼 둔 3학년 건물로 온 동시는 교실 밑층의 과학실과 특별활동실 등 대체로 비어 있는 교실이 늘어선 복도에 섰다. 이제 막 수업 종이 울려서 복도는 조용했다. 교실로 들어가기 싫어 신발을 끌며 걷다 보니 늦어졌다. 지금 들어가면 또 주목받을 거고, 교무실에 다녀왔다고 하면 대충 앉으라고 하겠지만 손에 든 걸 아이들이 보고 뭔지 물을 것이었다.

동시는 빈 복도의 신발장 위 대리석에 걸터앉아 플라스틱 뚜껑을 열었다. 생각보다 단단하게 닫혀 있어서 손톱이 몇 번이나 미끄러졌다. 온 힘을 다해 뚜껑을 열자 초콜릿 두 알이 굴러떨어졌다. 케이스를 내려놓는 소리가 복도를 울려 덩달아 초콜릿까지 조심스럽게 올려 두었다. 다시 걸터앉은 동시가 금박 포장지를 벗겼다. 가벼운 포장지를 구기며 입에 하나씩 초콜릿을 넣었다. 차마 버릴 깡은 없었던 것이다. 주먹에 쏙 들어오는 초콜릿을 하나씩 입에 넣으면서 지금껏 이해하지 못했던 '너무 달다'는 말을 알 수 있기 직전이었는데, 코너 바깥에서 오래된 나무 바닥이 뒤틀리는 소리가 났다. 오래돼서 사람들이 지나다닐 때마다 소리가 나는 복도였다. 동시가 부스럭거리는 포장지를 주먹에 쥐었다. 선생님이면 튀려고 했는데, 나타난 사람은 같은 교복을 입은 김쌤딸이었다.

창문 앞 신발장에 걸터앉은 동시와 김쌤딸이 잠시 서로를 마주 보았다. 김쌤딸은 동시와 똑같은 초콜릿 케이스를 들고 있었다. 선생님이 아니어도 지금 무얼 하고 있는지 설명하기 난감한 것은 마찬가지였다. 아빠들이 같은 학교 선생님이라 입학 때부터 존재는 알았으나 말도 섞어 본 적이 없었다. 김쌤딸이 동시 옆에 늘어 둔 초콜릿 껍질을 찬찬히 바라보았다. 다음 행동을 정하지 못한 동시의 입속에 초콜릿에서 녹고 남은 견과류 조각들이 맴돌았다.

"그러니까…"

동시가 막 변명을 시작하려는데 김쌤딸이 차가운

대리석 선반에 앉았다. 플라스틱 뚜껑을 여는 소리가 경쾌하게 울렸다. 김쌤딸은 가장 오른쪽 초콜릿을 꺼내서 껍질을 까 입에 넣었다. 부스럭거리는 소리가 유독 복도를 크게 울렸다. 그 모습을 바라보던 동시가 다시 초콜릿을 집어 들었다. 조용한 복도에서 부스럭거리는 소리만 한참 들렸다. 김쌤딸의 목소리가 복도를 울렸다.

"너 고등학교 어디 가?"

간단한 대답과 짧은 반문이 돌아왔다. 김쌤딸은 아빠가 있는 고등학교에 갈지 다른 학교에 갈지 고민 중이라고 했다. 부스럭 소리가 오래도록 이어졌다. 걸터 앉은 대리석에서 냉기가 올라오고, 동시는 초콜릿 스물네 알은 너무 달다고 생각했다.

* * *

"너는…"

"안녕하세요."

김쌤은 동시의 얼굴을 기억하지 못했다. 아빠나 언니랑 조금만 더 닮았다면 들킬 뻔했다. 김쌤이 여고 선생님이라 다행이었다. 김쌤은 '여자' 글자를 학교 이름에서 뺀 사립 여고에 30년째 다니고 있었다. 1년에 대략 300명씩 졸업시킨다고 하면 30년 근속 땐 9,000명, 예전엔 반에 쉰 명도 넘었다고 하니 대략 만 명이 넘는 학생이 거쳐 갔다. 어딜 가도 아는 얼굴이 있었으니 그중 한 명이라고 생각하기 쉬웠다.

문제는 주찬민 씨였다. 인사를 받는 둥 마는 둥 김쌤딸을 찾아간 김쌤 뒤로 동시의 아빠가 들어왔다. 동시를 보자마자 믿기지 않는다는 표정으로 성큼성큼 다가왔다. 동시가 다치지 않은 걸 확인하자 호령이 떨어졌다.

"니 시위허냐? 오라고 할 땐 말도 드럽게 안 듣더니 지금 여기서 뭐 혀! 안 그래도 옛날에 애 머리를 다 뜯어 놓고 와서 골머리 썩게 하더니 이젠 병원에 실려 와!"

머리채 사건 후 급격하게 사이가 나빠진 김쌤딸과 두세 번 더 머리채를 잡았다. 여자 고등학생들끼리 머리채를 잡는 일은 미디어에 나오는 것보다 훨씬 드문 일이기에 옆 학교의 동시 아빠에게까지 소식이 전해졌다. 둘의 부친이 모두 선생님이었기에 이 일화는 학생들보다 선생님들이 더 좋아했다.

처음엔 그래도 병원이라고 속삭이던 아빠의 목소리가 체육대회 시작을 선포하는 선생님처럼 점점 커졌다. 이러라고 서울에서 아무것도 안 하는 거 방세 내준 줄 아느냐, 옷은 아직도 왜 이렇게 고등학생처럼 입느냐, 그러다가 명절 때는 도대체 왜 안 내려오느냐는 말까지 갑자기 일장 연설이 시작됐다. 동시는 충청도 사람이 말을 느리게 한다는 편견 앞에 설 때마다 아빠에게 들어 온 연설이 생각나 억울했다. 온양이 낳은 달변가 앞에서 입이 열 개라도 할 말이 없었던 동시는 아빠의 입에서 "니 언니는" "방 빼라"가 나오자 전투태세로 돌변했다.

"그때 머리 나도 뜯겼거든? 그때 아빠 괜히 딸 때문에 교장 못할까 봐 더 뭐라고 했던 거 내가 모를 줄 알아?"

"친구랑 사이좋게 지내라는 말도 못해, 아빠가!"

"아빠 닮았나 보네. 아빠 옛날에 김쌤 전교조라고 교장한테 찔렀던 거 내가 몰랐는 줄 알아? 그래서 한동안 안 놀았잖아!"

동시도 안다. 조금 치사했다. 주 교장이 놀라 말을

잃은 사이, 동시가 밀어붙인다. 아빠가 알려 줬다. 싸움은 몸빵.

"아빠가 그리고 김쌤 맨날 욕하는 거 내가 모를 줄 알아? 같은 선생이면서 지만 먹물인 척한다고 은근 무시하는 것 같다고 재수 없다고 하는 거 내가 다 들었거든? 근데 아빠 친구 선생님 김쌤밖에 없지?"

그리고 이길 수 있는 사람과 싸워라.

동시는 와다다 쏟아 낸 다음에 아빠 앞에서 벽을 발로 팍팍 찬다. 주 교장의 눈이 사상 최대로 커져서 뒤로 넘어가기 일보 직전이다.

"이눔의 기지배가 뭐 하는 겨 지금!"

동시가 벽을 발로 차는 신호와 함께 병원 입구에 심한의 차가 섰다. 미리 합을 맞춰 두길 잘했다. 동시는 조수석으로 빠르게 미끄러져 들어가고, 문을 닫기도 전에 병원을 빠져나갔다. 차를 따라오려다가 놓친 당혹스러운 얼굴이 백미러에 비쳤다. 동시는 아빠에게 조금 미안했다. 하지만 지금은 김쌤딸에게 더 미안해지기 전에 할 일이 있었다.

김쌤딸이 습격당한 장소는 오면서 상상했던 폴리

스 라인은 커녕 무슨 일이 있었냐는 듯 조용했다. 김쌤 딸이 애지중지하던 자료가 어디에도 보이지 않으니, 아마 습격한 사람이 가져갔을 것이다. 그렇게 커다란 자료를 가지고 갔다면 눈에 띄기 쉬웠을 텐데 본 사람이 없었다. 지갑에는 손도 대지 않았고.

동시와 심한이 다시 차에 올랐다. 귀가 아프도록 떠들어 대던 동시가 아무런 말도 없이 골똘히 생각에 빠져 있었다. 심한은 혹시나 그 커다란 파일을 들고 가는 사람이 보일까 주위를 둘러보며 천천히 운전했다. 동시가 여전히 밖을 바라보면서 입을 열었다.

"아까 걔가 지도 보여 주던 사람들, 그거 되게 소중하게 생각하는 거 같았죠."

"가서 없어졌다고 알려 주게?"

"그 사람들 여기 오래 있던 단체 같았죠?"

"나보다 오래 있었을 순 없지."

"가서 말해야겠어요. 도와 달라고. 오래된 단체일수록 힘 좀 쓰지 않겠어요? 사람도 많고. 가서 힘 좀 보태라고 말해요."

건물에서 두 블록 떨어진 자리에 심한이 차를 세웠다. 차에서 내려 건물로 가까이 가는데 긴 머리를 풀어헤친 사람이 급하게 건물 안으로 들어갔다. 바짓단이 흙투성이였다. 잠시 멈춰 선 동시가 갸웃거렸다.

"아까 건물 안에 있던 사람인가? 왜 익숙하지."

"처음 보는데. 주민이겠지. 네 동창이거나. 동창이라기엔 나이가 많아 보이는데."

"동창 엄마인가?"

"가만 보면 지가 동네 사람 다 안대."

동시가 가볍게 무시하고 앞장서 건물 안으로 들어갔다. 혹시 방금 들어간 사람이 사무실 사람인가 싶어 빠르게 따라 들어왔지만 이미 사라진 후였다. 동시와 심한은 가호대 사무실 문을 두드렸다. 안에서 철컹하며 잠금장치 열리는 소리가 요란하게 들렸다. 하나, 둘, 셋. 잠금장치가 세 개나 있었다. 도어락은 장식인 것 같았다. 문 틈새가 조금 열리고, 처음 보는 앳된 직원이 걸쇠를 건 채로 밖을 내다보았다. 그러곤 두 사람을 빤히 쳐다보았다. 보통 "누구세요"라고 물꼬를 터 줄 텐데 쳐다만 보고 있었다.

"아까 낮에 시청 직원이랑 왔었는데요."

"무슨 용건이십니까?"

좋은 말씀 전하러 온 사람 취급이었다. 그래도 아

쉬운 쪽이 자초지종을 상세히 설명하자 지금은 자신밖에 없으니 내일 다시 오라는 말이 돌아왔다. 문을 닫으려 하자 동시가 문틈에 급하게 발을 들이밀었다.

"위에 말씀은 하셔야 하지 않을까요?"

말은 전해 두겠다고 간단히 대답한 후 동시의 발을 빤히 바라봤다. 동시가 머쓱해하며 발을 뺐다. 아직 실무를 잘 모르나? 내일 큰일 날 텐데⋯ 바람인지 걱정인지 모를 마음이 동시에 들었다. 두 사람은 건물 밖으로 나왔다. 하늘이 어두워지고 있었다.

심한 역시 자료를 탐낼 만한 사람을 알지 못했다. 자기 관심사는 김쌤딸이 천기가 끓는 지역에 가지 않게 하는 것이지, 그 외 조사엔 귀 기울이지 않았다고.

"너무 도움이 돼서 상장을 드리고 싶어질 정도예요, 팀장님."

"난 됐어. 상 많이 못 받아 본 너 해."

다시 천천히 움직이는 차 안에서 동네를 탐색 중이었다. 거리는 저녁 시간이 되자 낮보다 활기를 띠었다. 주현이도 찾아야 하는데, 팀장이라는 천계 사람은 도저히 믿음직스럽지 않았다. 심한이 가호대 사무실 근처에 다시 차를 세웠다. 계획을 세우고 움직이자는 거였다.

"일단 움직여야죠. 시간 아깝게 왜 이래요?"

"계획을 세우면 너 쓰는 시간의 반은 줄 거…"

심한이 말을 하다 말고 밖을 살폈다. 동시도 덩달아 밖을 보니, 사람들이 바글거렸다. 사무실 건물에도 유독 사람들이 많이 드나들었다. 저녁 시간이라는 걸 감안해도 다른 골목에 비해 많은 수였다.

"왜 이렇게 사람이 많지?"

심각한 표정으로 심한이 입을 열었다.

"역시 그랬네."

"뭐가요."

심드렁한 동시의 목소리에 심한이 의미심장한 표정으로 분위기를 잡았다.

"뭔가 이상하다 했어. 초파리 수도 유독 많았고, 학교 앞에 시위대가 갑자기 있질 않나…"

"뭔데 그렇게 분위기를 잡아요."

"유독 사람들을 모는 사람이 있지. 조용한 식당이나 카페에 그 사람이 가면 갑자기 만석이 되거나 하는."

"어? 나 그런데."

"그럴 줄 알았어. 천계에서는 매시기마다 직종의 수와 그보다 많은 그 직종을 찾을 인간의 수를 정해."

"그럼 못하는 사람도 있잖아요. 은근 대책들 없다니까."

"계속 말했잖아. 변수는 예비해야 할 정도로 많아. 꼭 정해 둔 직종으로 가지 않으니까, 필요한 직업인데 터무니없이 안 차면 곤란하거든."

"짜증나네."

"어쨌든. 이번 시기에 양치기라는 직업 TO를 냈는데 목초지가 없어지면서 터무니없이 안 찬 거야. 그래서 양을 몰 사람들의 운을 그렇게라도 풀어놨지."

"…내 적성이 양치기라고요?"

"또 믿니?"

"이건 진짜 같은데…"

"넌 양치기보다 양아치에 가깝지."

오랜만에 진위 여부를 고민하던 동시의 핸드폰이 울렸다. 대화 중에도 몇 번이나 거절을 눌러 댔다. 발신자는 '주 씨'였다.

"누군데 자꾸 끊어? 심지어 빚도 있나?"

"아빠요."

심한이 동시를 빤히 바라봤다. 동시가 어쩌라고 하는 표정으로 응했다.

"아까 차 안에서 봤던 광경, 개연성 있어지려고 해."

"왜요? 이거 애정 표현인데."

동시는 심한의 표정을 미처 보지 못한 채 검색을 하기 시작했다. 자료를 가져간 사람을 찾지 못했으니 자료에 대해서라도 찾아보려 했다. 영괴대에 대한 자료는 금세 찾아냈다. 이렇게 찾기 쉬운 자료를 훔치려고 했을 리는 없다. 그렇다면 김쌤딸이 가장 신나 있었던 주제, 동시는 검색창에 단어를 입력했다. 회파정, 아무것도 안 나왔다. 해파정, 왜 안 나오는 거야? 심한이 한심하다는 듯 말했다.

"은혜 혜, 물결 파. 요즘 애들은 한자 공부를 안 해서 탈이다. 그거 아니? 천자문이 왜 천 자냐면…"

"아, 진짜요? 대단한데요?"

혜파정에 대한 정보는 현저하게 적었다. 동시도 원하는 정보를 못 얻을 것 같았다.

"아까 혜파정이랑… 뭐라고 했죠?"

"혜파정과 함락당."

"함…"

"물에 잠길 함, 즐길 락."

"아, 나도 알아요."

혜파정과 함락당. 조선의 왕들이 온양온천에 점점 발길을 끊으며 방치되어 있던 온양행궁에 대원군이 지내기 위해 지은 건물이다. 아무리 왕의 위상을 가진 이여도 왕의 건물을 쓸 수는 없었으니까.

"대원군이 낙후되어 있던 온천으로 계속 놀러 오자 일제가 그곳에 운현궁 기지가 있다는 말까지…"

열심히 중얼거렸지만 역시나 처음 듣는 얘기였다. 그때, 다시 전화가 걸려 왔다. '주 씨'인 줄 알고 자연스럽게 끊으려는데 041로 시작하는 번호였다. 이곳 지역 번호였다. 동시는 혹시나 아빠가 다른 전화를 이용한 거라면 끊어 버릴 요량으로 수신 버튼을 눌렀다. 오랜만에 듣는 목소리에 눈물이 날 뻔했다.

"콜렉트콜 서비스입니다. 5초 동안…"

주현이 핸드폰이 없던 시절엔 어떻게 전화를 했느냐고 물은 적이 있다. 동시는 주현이 자기가 답할 수 있을 정도의 질문을 하면 안도해서 괜히 인자한 선생님 흉내를 내곤 했다.

"예전엔 공중전화라는 것이 있었단다."

"근데 번호를 모르잖아요."

"그땐 외웠지."

"에이~ 거짓말."

"진짜야. 중요한 번호 몇 개는 외우고 있었어. 너도 외워. 번호를 안 외워서 너 이런 명칭을 하나도 기억 못 하는 거라니까? 다음 주까지 번호 다섯 개 외워 와."

콜렉트콜 서비스 얘기까지 착실하게 들었던 주현이었다.

"선생님, 나 주현이요! 전화 받아요!"

5초 안에 말해야 한다는 것까진 안 알려 줬는데. 그럴 상황은 아니지만 잠시 뿌듯한 마음이 든다. 바로 아무 버튼이나 눌러 전화를 받고 급하게 물었다.

"너 어디야? 괜찮아?"

"나 그 할머니가 어디 가둬 뒀다가 지금 밖으로 나왔어요. 지금 급하게 거는 거예요. 여기 사람들 엄청 바빠서. 선생님 여기 왔었죠? 내가 돌아가라고 문자 했잖아요! 겨우 했더니."

"거기 어딘지 알 수 있겠어?"

동시가 기대에 차 물었다. 심한이 신호를 주어서 스피커폰으로 전환했다. 울 것 같은 주현의 목소리가 차 안을 울렸다.

"여기… 하, 모르겠어요."

"주변에 가게나, 전봇대나 도로명이나 뭐라도 좋으니까 말해 봐."

"어… 어두워서 잘 모르겠어요."

"사람들이 바쁘다는 건 무슨 소리야?"

주현의 목소리 뒤로 소음이 점점 커졌다.

"선생님, 끊어야겠어요. 가까이 오는 것 같아요."

"주현아!"

주현이 다급하게 마지막 말을 내뱉는다.

"근데 여기 선생님도 아는 데예요."

"뭐? 그렇게 얘기하면…"

전화가 뚝 끊겼다. 내가 아는 데라니. 동시는 하루 종일 동네에 대해 아는 게 아무것도 없다는 걸 깨달은 참이었다. 왜 주현은 동시가 알 거라고 확신했을까.

동시의 머릿속에 주현과 했던 수많은 실없는 대화와 수업이 스쳐 갔다.

"이건 뭐야?"

동시가 들고 다니던 나무 막대기가 든 지퍼백을 보고 심한이 물었다.

"아, 맞다. 경찰 준다는 게."

"인간들은 때때로 많은 걸 잊곤 해."

안 믿겨도 나름의 위로였다.

"팀장님이 이상한 소리만 해서 까먹었잖아요!"

"인간들은 때때로 남 탓을 즐기기도 하더군."

그때, 건물에서 흰 유니폼을 맞춰 입은 온천 가호대 사람들이 떼로 내려왔다. 인간들은 때때로 떼로 몰려다니기도 한다. 심한이 건드린 이상한 언어의 연상 작용으로 아까 머리를 푼, 익숙한 얼굴의 사람이 누구였는지 생각났다. 세종탕의 세신사. 머리를 풀어서 못 알아볼 뻔했다.

그때, 온천 가호대 유니폼이 새로운 연상 작용을 일으켰는지, 동시의 머릿속에 빛 한 줄기가 스쳐 지나갔다. 혜파정과 함락당, 온천과 운현궁 기지. 가호하다. 동시는 빠르게 공중전화 번호 찾기 서비스에 주현이 건 번호를 넣어 본다.

"저 사람들, 주현이가 있는 데로 가고 있어요."

심한이 동시를 쳐다봤다. 심장이 빠르게 뛰기 시

작했다. 동시가 심한에게 주현과 파미가 같이 찍힌 사진을 다시 보여 달라고 했다. 부감 숏으로 찍힌 사진에서 파미의 머리 꼭대기부터 자세히 보였다. 쪽찐머리의 비녀가 지퍼백 안의 비녀와 같은 모양이었다. 모두 같은 색으로 이루어져 맞추기 힘든 퍼즐 조각의 테두리를 맞춘 느낌이었다.

"시동 걸어요. 나 어딘 줄 알겠어요."

"쟤네보다 빨리 가야겠지?"

심한이 시동을 걸었다. 하늘이 완전히 어둠에 덮였다.

8 아산의 3대 천재

역시나 주현은 틀린 말을 하지 않았다. 다만 잘 외우지 못할 뿐. 주현이 몰랐던 건, 이는 동시뿐 아니라 한국인이라면 대부분 아는 것이었다.

洋夷侵犯 非戰則和 主和賣國

(양이침범 비전즉화 주화매국)

서양 오랑캐가 침범하매

싸우지 않음은 곧 화친을 주장하는 것이요

화친을 주장하는 것은 곧 나라를 파는 것이다

척화비였다. 주현은 조선의 왕들이 목욕하는 곳

에 간다는 말을 남기고 사라졌다. 김쌤딸을 공격한 범인은 혜파정의 지도를 들고 도망쳤다. 그 둘과 밀접한 연관이 있는 존재, 홍선대원군이었다. 척화비는 홍선대원군의 가장 강력한 심벌이었다.

한쪽은 마을로, 한쪽은 산으로 난 길 중간에 척화비가 있었다. 가로등은 어두웠고, 산어귀에 세워진 공사장 조명탑의 미세한 불빛으론 어둠이 가시지 않았다. 심한의 차 헤드라이트가 척화비를 비췄다. 동시는 주현에게 왔던 번호로 재발신을 했다. 연한 하늘색 공중전화 부스에서 소리가 들렸다. 동시가 달려가 휴대폰 불빛으로 주위를 살폈으나 눈에 띄는 것은 없었다. 동시는 주현처럼 부스에 서서 수화기를 들어 본다. '댕~' 하는 소리가 들렸다. 지나가는 차 한 대, 사람 한 명 없었다.

"잠깐 나온 거예요. 여기 사람들 엄청 바빠서."

동시와 심한은 20분이 채 지나지 않아 도착했다. 바쁜 사람들이 경유지에 차를 세우고 주현이 전화를 걸 틈을 주지는 않았을 것이다. 하지만 마을에서도 산에서도 떨어져 있는 곳에서 바쁠 사람이 어디 있을까. 툭 튀어나온 네모난 다이얼 버튼을 튕기던 동시의 시선이 한 곳으로 향했다.

산으로 난 길, 그곳에 걸쳐진 공사장 가림막은 어느 시공산지, 뭘 짓는지도 알리지 않았다. 그저 '공사중'이라고만 쓰여 있을 뿐이었다. 주변을 둘러본 심한이 돌아왔다. 동시는 저 공사장과 비슷한 장소를 하나 알았다. 천계인이 사는 문주장.

학교 운동장만 한 넓이와 5미터는 족히 넘을 것 같은 높은 가림막의 동서남북 각 면에 문이 나 있었다. 가림막 가까이 다가가니 웅웅거리는 소음이 들렸다. 어느 문으로 들어가야 할지 감이 잡히지 않았다. 심한이 정신을 집중하더니 북쪽 문 앞으로 불렀다. 동시가 심한만 들을 수 있을 정도로 물었다.

"천기운을 쓴 거예요?"

"여기가 인기척 소리가 가장 작아."

게다가 문틈이 완전히 막혀 있지 않았다. 틈을 벌려 조심스레 들어가려는데, 더운 공기가 얼굴로 훅 끼쳤다. 거대한 한옥의 담벼락 뒤편이었다. 동시와 심한은 지체 없이 담을 넘었다. 내부 건물도 웅장한 크기를 자랑하고 있었다. 두 사람은 각각 오른쪽과 왼쪽으로 갈라졌다. 자갈밭에 나무 밑동으로 만든 길이 이어졌다. 작은 별채들이 좁은 골목을 만들었다. 아마 이 중 어딘가 주현이 갇혀 있을 것이다.

동시는 창호지를 바른 작은 창문에 조용히 구멍을 뚫어 보았다. 침구만 놓여 있는 방이었다. 두세 칸의 방에 구멍을 뚫어 보아도 비슷한 풍경만 보였다.

몇 번 해 보지 않았는데 이미 숙련된 동시가 다음 별채로 다가갔다. 다시 구멍을 뚫고 손가락만 한 구멍에 눈을 대는데, 주름이 깊게 팬 눈이 동시 바로 앞에서 끔뻑였다. 순간 넓은 공사장 전체에 동시의 비명이 울렸다.

동시가 뒤로 나가떨어져 넘어지자, 창문이 바깥으로 활짝 열렸다. 만족스러운 표정의 파미였다.

"내가 말하지 않았는가. 서울 사람 아니라고."

동시는 쪽마루에 무릎을 꿇었다. 뒤로 가호대원 둘이 감시하고 있고, 방 안에는 파미가 의자를 두고 근엄하게 앉아 있다.

"이리 다시 보니 반갑군."

첫 만남보다 격식을 차려 말하고 있었다. 게다가

심한보다 더 펄럭거리는 흰옷을 입었다.

"김주현 어디 숨겼어?"

"주동화 동생이라더니 언니만큼은 머리가 안 돌아가는군. 지금은 납작 엎드릴 때일세."

주동화의 명성이 질기기도 했다. 도망갈 방법을 궁리 중인데 아까 동시가 뚫어 둔, 열려 있는 창문으로 심한이 보였다. 순간 동시의 표정 변화를 본 파미가 뒤를 돌아보려 했다.

"으아아아아아아아아아!"

동시가 소리를 크게 질렀다. 파미가 놀라 동시를 다시 보았고, 건장한 가호대원들까지 움찔했다. 시간을 끌어야 했다.

"대체 당신들 정체가 뭐야? 온천 가호대원이야, 사이비 종교야? 뭔지 알고나 좀 잡힙시다!"

원래 악당은 승세일 때 동기를 물어보면 신나게 대답한다.

"온천의 조건이 뭔지 아는가?"

'그렇지!'

"25도 이하로 떨어지지 않는, 땅이 주는 물일세. 그런데 왕들이 목욕을 하러 친히 납신 물이 보통 물이었겠는가. 물 중의 물, 삼국시대부터 내려오는 50도를 거뜬히 넘고 식지도 아니하고 닿으면 병을 씻어 낸다는 물, 그것이 온양온천이라네."

동시도 아는 이야기였다. 어렸을 때 목욕탕에 가면 냉탕에 쓰여 있던 말과 크게 다르지 않았다.

"그런 물이 거저 얻어졌을 성싶으냐."

미동도 없이 예사낮춤과 아주낮춤을 자유자재로 혼용하던 파미가 표정을 일그러트렸다. 독백인 줄 알았는데 질문이었나 보다. 동시가 말을 늘이며 답했다.

"뭐 시청이나 더 옛날엔 관청에서 관리를…"

"아무것도 모르는 자, 입을 함부로 놀리지 말라!"

가호대의 기세까지 아주 등등했기에 동시는 기가 죽었다. 심한은 창문 프레임 밖으로 사라져 보이지 않았다.

"우리 가호대가 아니었으면 그 영광을 보지 못했으리라. 우린 물에 베이고 부서지면서 그것이 식지 않고 마르지 않도록 관리했어! 살을 깎아 제를 올렸고 그 온천을 오롯이 한양에서 온 그들에게 내주었다."

동시가 기어 들어가는 목소리로 말했다.

"그런데 한 번도 들어 본 적이 없는데요오…"

"우린 이름과 얼굴 없이 그렇게 물을 길들였지. 그런데 어느 해, 어느 왕이 행차할 수도 없이 몸이 안 좋아졌으니 온천물을 길어 오라고 명을 내렸다. 그렇게 우리 가호대가 헐레벌떡 그 무거운 물지게를 이고 지고 산을 넘다가 물을 엎어 버리고 말았다네. 후환이 두려운 나머지 산에서 급하게 물을 길어 갔지."

"그래서 벌을 받았군요…"

"아니. 왕이 그 물을 쓰고 병이 나았다."

"예?"

"왕은 온양에 큰 상을 내렸고, 전국 각지에서 온천욕을 하기 위해 찾는 사람들도 많아졌지. 그렇게 일이 마무리될 뻔했는데 왕의 몸에서 발진이 오르기 시작했다."

결국 가호대가 큰 벌을 받았으나 그 물이 온양의 물이 아니었다고 말하진 못했다. 그랬다간 왕을 기망한 죄로 더 큰 벌을 받았을 것이다. 엎질러진 물도 어떻게 닦느냐에 따라 다른 결과를 가져온다.

"그래서 그렇게 몰락해 가던 와중, 왕이 행차했다. 그것도 아주 몰래. 왜 그리 끔찍한 벌을 준 물을 다시 찾았을까? 그때 우린 천기의 존재를 알아차렸다. 조선의 왕들만 아는 하늘의 비기. 그때부터 우린…"

가호대원들은 교주의 은총을 받는 신도들처럼 감화된 표정이었다. 눈물을 찍어 내기까지 했다. 그때부터 그들은 온천을 지키는 지역 유지인 척, 천기를 연구해 왔다. 창문 프레임 안으로 심한이 돌아왔다. 돌을 쌓아 창문을 한 번에 넘을 심산으로 보였다. 파미의 음성이 점점 고조됐다.

"그런데 홍선! 홍선이 우리 계획을 다 망친 거야!"

"그러니까 홍선대원군이랑 김주현을 데려간 거랑 무슨 상관이냐니까요!?"

"그렇게 버려진 온양온천에 홍선대원군이 내려왔다. 그리고 뭔가 일을 꾸미기 시작했지. 많은 것을 알던 사람이었어."

"홍선대원군이 천기를 다룰 줄 알았다고요?"

"전국에 같은 내용을 적은 돌을 세운다. 천기를 새기기 딱 좋은 행동이지. 돌은 천기가 잘 드는 매개야. 그렇지 않소? 천계 나으리."

심한이 파미의 목을 차가운 잭나이프로 눌렀다. 문에서 비껴 서 있던 가호대원들이 그제야 심한의 존재를 확인하지만 섣부르게 움직이지 못했다.

"그래서 그렇게 어설픈 돌탑을 만들고 다녔구나. 원래 돌탑 천기는 산 관리인이 돌 치우려고 만든 미신인데, 사람들이 하도 간절하게 비니까 그 산의 신령들이 그거 안쓰러워서 들어주던 거야. 신령도 없는데 헛수고를 그렇게 했나?"

"그 의미 없는 돌탑에 천기운이 깃든 걸 봤으니 그리 필사적으로 무너뜨리고 다녔겠지."

가호대원들이 동시를 제압하려 다가서자 심한이 파미의 목에 칼을 깊게 들이밀었다. 파미가 가호대원들을 제지했다. 동시가 답답함에 절규하듯 소리쳤다.

"그게 대체 김주현이랑 주동화랑 무슨 상관인데? 뭐 오랑캐가 쳐들어온다는 게 천기야?"

아니, 천기가 깃든 문장은 따로 있었다.

戒我萬年子孫 丙寅作 辛未立

(계아만년자손 병인작 신미립)

자손 대대로 가르치노라

병인년에 만들고 신미년에 세우다

척화비는 알아도 이 문구는 유명하지 않았다. 병

인년에 만들어 신미년에 세우다.

병인년 1986년에 결혼해 신미년인 1991년에 낳은 아이, 주동화였다. 아이가 생기지 않는 부모에게 돌에 대고 소원을 빌면 될 거라 누군가 속삭였고, 부부는 속는 셈치고 그렇게 했다. 그래서 나온 아이가 주동화였다. 세상에 척화비에 대고 아이를 점지해 달라는 사람들이 자신의 양친이라는 것을 믿을 수 없었던 동시였다.

지금 생각해 보면 그래서 주동화가 그렇게 꼬장꼬장했나. 척화비가 점지해 준 아이라기엔 주동화는 영어도 잘했다. 영어를 못한 건 동시였다.

"부정 탈까 평생 보지도 않고 제만 올렸는데, 그렇게 아산 3대 천재로 키웠는데 멍청한 동생으로 착각을 해? 어쩐지 맹하다 했어!"

목에 칼이 들어와도 가호대원을 향한 호령 소리는 우렁찼다. 그러니까 언니가 살던 원룸을 동시가 물려받은 게 화근이었다. 가호대원이 그 집에 사는 주동시를 주동화로 착각했고, 주동시가 예뻐하는 것으로 보였던 김주현을 납치했다. 무력이 없었어도 납치는 납치였다. 그런데 파미가 직접 주동시를 만나 보고 나서,

얼마나 비범할지 기대했건만 풍겨 오는 평범함에 1차 당황하며 후퇴했고, 이후 주현을 납치하며 역시나 그 맹물 같은 이는 천기운의 아이, 아산의 3대 천재 주동화가 아니라 주동시였다는 걸 알게 된 것이다. 듣다 보니 기가 찼다.

"주동화는 지가 코피 터지게 칼 차고 공부해서 똑똑한 거거든? 지금 당신처럼! 니들이 주동화 시험 기간이면 새벽에 화장실 물 내리는 거까지 눈치 본 적 있어? 어디다 숟가락을 얹어?"

동시가 진심으로 흥분했다. 공부하다 눈에 있는 핏줄이 다 터져 정말로 피눈물을 흘리던 동화를 본 후로는 숨도 안 쉬고 살았던 과거가 떠올랐다. 덕분에 소리 안 내고 걷는 스킬이 전국에서 손에 꼽을 만했다.

"나 참 어이가 없어서. 그리고 아산의 3대 천재는 또 누군데?"

"이순신 장군, 자네 언니."

"허 참나."

"그리고…"

순간 파미가 목을 뒤로 빼 칼을 피하더니 큰 소매에 넣고 있던 손을 뺐다. 심한이 빠르게 방어 태세를 취했으나 파미는 손에 든 돌로 붕대를 감은 자신의 팔을 내리쳤다. 순간, 붕대가 풀리며 파미의 팔이 현무암처럼 단단해졌다. 주먹을 쥐고 펼 때마다 돌 부스러기가 흘러내렸다. 파미가 손을 모아 뾰족하게 만들어 심한의 배를 찔렀다. 순식간에 일어난 일이었다. 심한의 얼굴이 심각하게 일그러졌고, 동시가 심한에게 달려가려고 일어나다가 가호대원들에게 붙잡혔다. 동시의 절규하는 소리가 다시 한 번 공간 전체를 울렸다.

심한이 쓰러졌다. 절규하는 동시의 목소리가 울음처럼 바뀌었다. 손을 뺀 파미의 표정이 산뜻해 보였다. 동시는 발버둥 쳤지만 꼼짝할 수 없었다. 그러자 떨리는 목소리로 분명하게 말을 내뱉었다.

"영생시루에담길자야."

시선은 파미를 향했다. 그런 다음 스르르 눈을 감았다.

* * *

심한에게 트롤리 문제보다 풀리지 않는 난제는 청

개구리 이야기였다.

　말 안 듣던 청개구리가 결국 마지막에 후회해 무덤을 강가에 만들어 떠내려갔다는 이야기. 만약 청개구리 엄마가 이번에는 말을 들을 줄 알았다면 원하는 대로 산에 묻어 달라고 했을 것이다. 그런데 마지막 말을 반대로 했다는 걸 자식 청개구리가 알았다면 이야기가 다시 달라진다. 게다가 자식이 그걸 고민하는 걸 엄마가 알게 되는 순간이 온다면. 앎은 곧 딜레마의 축적이었다.

　심한 생각에 천기누설 방지는 단순노동이었다. 끝나지 않을 뿐 난이도가 높건 낮건 지루한 건 매한가지였다. 인간들에게 시시포스 신화가 자기를 본떠 만든 것이라고 하면 믿을지 가끔 궁금했다. 돌을 굴려 산 정상에 올리듯 누설된 천기를 틀어막고 나면 또 다른 사건이 굴러떨어진다. 이 짓을 혼자 셀 수 없이 하는 중이었다. 아무리 천계의 존재라도 인간 세계에 너무 오래 있다 보면 물들 수밖에 없기에 인간들의 평균 생애 주기에 맞추어 자리를 순환시켰으나, 척화비가 들어선 1871년 신미년 이후 온양의 천기운이 안정되지 않아 천계로 돌아가지 못했다. 1931년 천기를 화려하게 사용해 이 문제를 해결하려다 기근이 들었다. 시시포스가 정상에 올린 돌이 굴러떨어져 사람들이 맞은 꼴이었다. 그때 TF팀이 처음 만들어졌다. 업무는 별반 달라지지 않았으나 이 문제를 해결하지 못한다면 영원히 그곳에 머물러야 한다는 엄포였다.

불안정이 지속되면 그 상태가 안정처럼 느껴진다.

모든 것에 무감각해진 정심한이 오랜만에 감정을 드러낸 적이 있었다. 충청도 사투리로 만들어진 '돌 굴러가유' 유머를 듣자 자기도 모르게 인간처럼 손이 부들부들 떨렸다. 그 말이 어떤 뜻인지도 모르고 막 내뱉다니.

업무가 많으니 팀원을 파견하라는 말은 자기도 모르게 표출한 외로움의 표시였다. 더 이상 무언가를 원하는 일은 없다고 생각했다. 일은 능숙해졌으나 감각은 무뎌졌다. 천기연구회가 그렇게 힘을 키운 것을 알아차리지 못한 것은 심한의 두 번째 과오였다.

새로 얻은 팀원과 함께할수록 무딘 감각이 돌아오기 시작했고, 심한은 무서워졌다. 이들이 대체 어디까지 준비한 건가. 그걸 대체 얼마나 모르고 있었는가.

영인산 어금니 바위 앞에 동시를 두고 망부석을 찾았을 때, 천기를 흡수하기 위해 한 서린 망부석에 벌여 놓은 무자비한 풍경을 목격하고, 심한은 예상보다 더한 위험을 감지했다. 망가진 망부석을 제자리에만 두었는데도 피부가 갈라지기 시작했다. 이 모험에 함께 올라탄 동시 역시 위험에 처했을 것이다.

천계 주문을 발설한 자와 들은 자 모두 큰 벌을 받는다. 자기야 이미 받는 벌에 하나 추가된다고 큰 상관이 없으나, 동시까지 끌어들일 수 없었다. 동시가 쓰되 주문인 줄 몰라야 했다. 안다고 해도 사용할 수 있을지 모를 노릇이었다. 고민 끝에 심한이 말했다.

"천계 욕 하나 알려 줄게. 대신 나한테 쓰면 절대 안 돼."

동시에게 너무 세지 않은 주문이면서, 어느 정도 욕의 기능도 있는 것을 알려 주어야 했다. 언젠가 당연히 죽는 인간들이 서로에게 '죽는다' '죽을래?'가 협박과 부정의 어투를 가지고 있으므로, 반대로 죽지 않는 천계인들끼리는 '영생해' '오래 살겠네'가 욕이었다. 인간들이 이를 배부른 소리로 보는 것만큼 가끔 인간들의 '죽을래?'가 통할 때 그들이 미웠다. 물론 이것도 천 년쯤 살았을 어렸을 적의 이야기지만.

청개구리 모자가 비극을 맞지 않을 방법이 하나 있었다. 서로를 믿을 것. 서로가 하는 말을 그대로 진의 로 받아들일 것. 심한은 이 방법을 역으로 이용하기로 했다. 내 말을 믿지 말 것. 절대로 무슨 일이 있어도. 위 험할 때 욕을 끌어 낼 수 있도록 불안할 때마다 계속 실없는 얘기를 하고 덧붙였다.

거짓말이야.
뻥이지.
또 믿냐?

신호가 됐을까?

동시는 파미에게 욕을 던졌다. 지금 파미가 온갖 천기를 활용하며 무장했으니 통했길 바라는 수밖에. 영인산에서 사라진 망부석 조각이 파미의 소매에서 나왔을 때, 심한은 그때부터 의식이 저무는 순간까지 그 생각뿐이었다. 원컨대 신호가 됐기를.

9 빨간 마스크가 나타나지 않는 동네

    열한 살 주동시는 인생 최대의 딜레마를 마주했다. 어렸을 적 '엄마가 좋아, 아빠가 좋아?'에도 (믿기진 않지만) 난 언니가 좋다는 말로 넘어갔던 아이였다. 그런데 이번엔 도저히 풀 수 없는 문제에 봉착했다. 입꼬리가 귀까지 찢어져, 그 피로 물든 마스크를 쓰고 다닌다는 빨간 마스크. "나 예뻐?" 하고 묻고, 예쁘다고 하면 자기와 똑같이 만들고, 아니라고 하면 죽이고, 모르겠다고 하면 반만 찢고, 도망가면 축지법을 써서 잡는다니. 11년 인생에서 이리 막막한 문제는 없었다. 지금이야 피로 물든 마스크를 쓰면 비말 차단 효과도 없다고 새 마스크를 쥐어 주고 능청이라도 떨며 시간을 벌었겠지만 초등학생한텐 어려운 일이었다. 그제서야 그리스 로마 신화에서 읽었던 스핑크스 수수께끼를 받은 사람들의 마음을 체감하는 중이었다.

교실 구석에 모인 아이들은 위기 상황에서 쓸 수 있는 대처법들을 비장하게 공유하곤 했다. 빨간 마스크 앞에서 5초 안에 '하얀 마스크'를 다섯 번 말하면 살 수 있다, 빨간 마스크 앞에서 숨을 참으면 어디 있는지 발견하지 못한다는 등 여러 방안이 있었지만 눈으로 보이는 방법이 가장 확신을 주었다. 손등에 개 견(犬) 자를 쓰는 것.

자나 깨나 빨간 마스크를 경계하던 동시는 혹여 모르는 사이 지워져 큰 대(大) 자가 되는 불상사를 막기 위해 테이프로 코팅하자고 의견을 냈는데, 동시와 사사건건 부딪히는 반 아이가 테이프로 덮으면 효력이 없어진다며 딴지를 걸었다. 동시가 쥬니어네이버에도 그런 내용은 없었다고 하자 아이는 자기 언니가 그랬다고 당당하게 말했다. 반 아이들은 동시의 주도하에 붙였던 테이프를 조심스럽게 뜯었다. 동시의 가장 친한 친구도 동시 몰래 집에 가기 전에 뜯어 냈다. 동시는 분했다. 무서웠지만 학교에서 테이프를 뜯진 않앴다.

　동시는 어두운 방 안에서 스탠드 불빛에 의지한 채 손등에 다시 개 견 자를 쓰고 있었다. 테이프를 뜯은 손등이 붉게 올라왔다. 공포는 밤에 더 극심해졌다. 빨간 마스크는 짝수 층에만 찾아온다고 해서 7층에 살아 안심했는데, 대신 파란 마스크가 홀수 층에 찾아온다는 글을 읽어 버린 것이다. 물리칠 방도가 없는 두려움에 눈물이 터지고 말았는데, 중학생 동화가 자기 시험 망치면 책임질 거냐면서 화를 잔뜩 내고 방으로 들어갔다. 평소였다면 그 호령에 별 소리 없이 방으로 갔겠지만, 그날은 언니보다 파란 마스크가 더 무서웠고, 반 친구의 언니가 함께 방도를 찾아 주었다는 이야기를 들어서 더 야속하게 느껴졌다. 간이 작은 동시는 언니 방 앞에 파란 마스크가 나타나리라는 말도 하지 못했다. 그럼 집 안으로 들어와서 자기와 엄마, 아빠까지 쫓아올 거니까. 커튼을 닫으라고 난리를 쳤다가 다시 쥐어박혔다. 파란 마스크는 빨간 마스크에 비해 대처법이 현저히 적었다. 결국 엄마가 방으로 소환됐다. 엄마가 파란 마스크에게서 도망치지 못한다면 어쩌나,

공포는 쉴 새 없이 가지를 쳤다.

모녀는 손등에 개 견 자를 쓴 채 누워 있었다. 천장에 붙은 빛을 잃어 가는 야광별을 보던 동시가 잠을 깨려고 도리질을 했다. 얼굴에 졸음이 가득한 엄마가 동시를 아기 재우듯 토닥였다.

"엄마, 만약에 파란 마스크가 나타나도 절대로 엘리베이터를 타면 안 돼. 알겠어? 알겠냐고!"

"동시야, 빨간 마스크 안 와. 얼른 자라, 우리 애기."

"빨간 마스크가 아니라 파란 마스크라고! 우리는 7층이니까!"

동화의 고함 소리가 동시의 방문을 넘는다.

"주동시 니 안 닥치냐? 처자라고 그냥!!"

소리를 지르진 못하게 된 동시의 얼굴에 두려움이 점점 고조된다. 엄마가 동화에게 한 소리 한 후 부드럽게 말했다.

"언니도 무서워서 저렇게 소리 지르는 거야."

"언니가?"

"응. 엄청 무서운데 티도 못 내는 거야. 지금 손등에 몰래 글씨 쓰고 있을걸?"

동시의 얼굴색이 더 파리해졌다. 언니가 무서워하는 거면 진짜로 무서운 것일 테니까. 이대론 잘 수 없다. 쥬니어네이버에서 파란 마스크 퇴치법을 다시 읽어야겠다고 일어나는데, 엄마가 동시의 손목을 잡았다. 동시가 제일 관심을 가질 만한 소재를 꺼냈다.

"언니가 모르는 거 하나 알려 줄까?"

"뭔데?"

"빨간 마스크를 만날 일은 없어."

"아니, 파란 마스크라고오오. 그리고 파란 마스크가 있으면 도망가다가 빨간 마스크를 만난다니까?"

"빨간 마스크와 친구들은 이 동네에 없어."

"뭐?"

"빨간 마스크가 얼마나 바쁜데. 기차 타고 버스 타고 터미널에 내려서 여기까지 어떻게 오겠어?"

"빨간 마스크는 개빨라서 차 안 타도 되는데?"

"원래 유명한 건 서울에만 있어. 지금 한창 유명해서 바쁜데 여기까지 오겠어? 사람 많은 서울에 있겠지."

"…그런 말은 쥬니버에 없었는데."

"주동시, 너 동방신기가 온양에서 콘서트 하는 거

봤어?"

별 고민 없이 아니? 하고 답한 동시에게 엄마가 그
거 봐, 하며 자연스럽게 눕혔다. 동시는 '그런가?' 하며
고민하다 스르륵 잠이 든다. 동시는 그때부터 무슨 색
마스크 때문에도 잠을 설치지 않았다.

그리하여 동시는 서울이 무서웠고, 두려웠고, 갈
망했다. 그래서 집으로 돌아오면서는 방심했을까. 마냥
아무 일이 없을 것이라고.

사람들이 분주하게 움직이는 소리와 물이 쏟아지
는 소리가 들렸다. 동시는 노곤하고 따뜻한 공기에 눈
을 떴다. 공중엔 김이 뿌옇게 서렸고, 바닥에선 훈기가
올라왔다. 그러나 동시가 닿은 바닥은 딱딱하고 차가
웠다. 몸을 일으키지 않은 채 눈만 슬며시 떠 주위를
살폈다. 수박과 사과, 밤, 샤인머스캣, 배… 동시는 명백
히 과일 사이에 있었다.

게다가 과일들 너머에는 지방(紙榜)을 붙인 신주
가 보였다. 설마 하고 더 시야를 넓혔다. 동시의 눈에
익은 충청도식 제사 음식이 올라 있었다. 흰 밀가루 위
에 다시마와 배추와 쪽파를 길게 올린, 어쩐지 영의정

162

대감이 생각나는 전이었다. 가위로 잘라 먹을 줄만 알았지 부칠 줄도, 그것과 함께 제사상에 올라올 줄도 몰랐다. 동시는 티 나지 않게 고개를 움직여 풍경을 살폈다.

ㄷ 자로 생긴 큰 한옥과 작은 별채가 감싸고 있는 정가운데, 넓고 얕은 구덩이가 있었다. 그리고 스무 개도 넘어 보이는 수도관에서 뜨거운 물이 차오르고 있었다. 공사장 가림막 안을 가득 채운 수증기는 그 물 때문이었다. 동시는 구덩이 동쪽에 차려진 커다란 제사상, 그 정중앙에 있었다. 파미는 한옥 대청마루에 붉은 옷을 입고 앉아 있었다.

그 옆엔 세종탕의 세신사가 묶어 둔 주현을 지키고 있었고, 파미 뒤에는 지도들이 걸려 있었다. 움직이는 차 안에서 김쌤딸이 보여 주었던 복원도와 같은 것이었다. 가림막 안은 작은 온양행궁이었다.

파미가 대청에서 위엄 있게 걸어 내려왔다. 붉은 옷은 곤룡포였다. 그리고 거침없이 구덩이 안으로 들어갔다. 넓은 구덩이는 빠르게 채워졌다. 파미의 옷자락이 물에 젖어 흐르고 있었다. 김쌤딸의 지도로 진짜 혜파정 자리에서 끌어온 마지막 물줄기가 흘렀다. 가

문이 꾼 꿈을 자기 손으로 이루게 됐다.

그런데 동시 쪽에서 제사상을 정리하던 가호대원들이 어수선해졌다. 언성이 높아지고 실랑이가 이어졌다. 동시는 들킬까 눈을 꼭 감았다. 서로 떠미는 소리가 들리더니 밀려난 한 사람이 곤란한 표정으로 구덩이 끄트머리에 섰다.

"연통은?"

"말씀하신 대로 해 두었습니다. 가온자시여, 저…"

벅차오름을 느끼고 있는 파미가 날카롭게 쳐다봤다. 가호대원이 더 기어 들어가는 목소리로 말했다.

"그게, 제수가 하나씩 맞지 않습니다."

"뭐라고?"

"저분이랑 과일, 산적 숫자가 일러 주신 거에서 다 하나씩 빠져서 어찌 된 영문인지…"

준비를 어떻게 하는 거냐는 파미의 불호령이 목욕탕에서처럼 쩌렁쩌렁 울렸다.

직접 겪어 보지 않고는 쉽게 받아들이기 힘든 것들이 있다. 가령 1990년대 중반에 태어난 주동시가 학교에서 교련 과목을 배웠다는 것을 사람들은 쉽게 믿지 못했다. 거짓말이라고 웃어넘기다가 증거를 보여 주면 비로소 경악했다. 동시는 가장 먼저 학교 이름에서 '여자'를 떼고, 가장 마지막까지 교련을 배웠던 학교에 다녔다. 동시의 학년을 끝으로 사라질 과목은 더 이상 교과서도 나오지 않아 그 전해에 같은 반, 같은 번호를 썼던 선배에게 물려받았다. 후배에게 한마디씩 적어 둔 정다운 교과서도 있었다. 동시의 짝은 운 좋게도 전교 1등 언니의 교과서를 물려받아 따로 필기를 하지 않아도 됐다. 동시보다 한 해 먼저 동시의 반과 번호를 쓰던 언니는 공부에 관심이 없었는지 붕대를 감는 삽화에 스토리텔링을 해 두었다. 마지막 계절을 맞는 수업은 활기차거나 아련하기보다 노곤했다. 교실 대부분은 엎어져 있었고 서울대에 가려 하거나, 다른 과목 공부를 하거나, 전 수업 때 잘 자고 일어났거나, 친구와 떠드느라 공사다망한 아이들 다섯 정도가 고정 멤버였다. 동시는 수업 시간에 대놓고 잘 배짱이 없어 앉아 있었다. 나중에 교련 교사는 장교 출신이 한다는 얘기를 듣고 군복 입은 선생님을 떠올려 봤지만, 잘 그려지지 않았다. 선생님은 다음 해에 과목도 정확하게 기억나지 않는 '생활과'로 시작하는 수업으로 돌아왔다.

165

믿기 힘들어도 테러리즘과 테러의 종류에 대해 배운 교련 시간과 키가 칠판만 했던 선생님, 사라진 혜파정과 함락당은 분명 존재했다. 누군가 쉽게 믿지 못한다고 없는 것들이 아니었다. 그러니까 지금 동시의 손가락 끝에 흐르는 힘도 믿기 힘들지만 분명히 천기운이었다.

동시는 심한이 가르쳐 준 천계 욕을 날리는 순간 강력한 기운을 쥐었다. 드라이버를 깔고 재부팅하듯, 쓰러졌다 눈을 뜨고 나니 손끝에 새로운 힘이 느껴졌다. 심한이 처음에 "꼭 하나씩 모자르지" 했던 것도 천기의 일부였다. 자신의 존재만으로 제수와 제기를 하나씩 뺐다. 파미가 제사상으로 다가왔다. 동시는 심한이 했던 말을 떠올렸다.

"가장 천기가 많이 숨어 있는 곳은 속담이야."

동시는 아는 속담을 찾아 기억을 되짚기 시작했다. 내 코가 석 자, 안 늘어난다. 남의 떡이 더 크다! 떡은 얌전히 그 자리를 지키고 있다. 쥐구멍에도 볕 들 날 있나? 저 구멍은 누가 봐도 쥐구멍이 아니다.

고개를 떨구고 좌절하는데, 가호대원들이 음식을

나르던 별채가 보였다. 저거다! 동시가 정신을 집중했다. 순간, 제사상에 올라 있는 사과, 배, 수박 같은 과일이 하늘에서 날아온 검은 물체들에 의해 '콰삭' 하는 경쾌한 소리를 내며 처참하게 깨져 버렸다. 심지어는 가호대원들이 들고 있는 무기들까지 부수었다. 동시만 정확하게 피해서 날아오는 검은 물체는 바로 솥뚜껑이었다. 100년은 너끈히 쓸 것이라고 대장장이가 불에 넣었다 무쇠로 두드렸던 그 솥뚜껑, 자라 보고 놀란 가슴이 함께 놀랐던 그 솥뚜껑이었다.

대개 겉으로 강건해 보이는 것들이 마음은 여리다는 건 클리셰다. 솥뚜껑도 그랬다. 자긴 아무런 잘못도 없는데 자길 보고 놀란다고 할 때마다 속상했다. 솥뚜껑은 강력한 염원을 겪어 왔다. 가족들의 식탁을 책임진다는 자부심, 주방의 중심이자 얼굴이라는 자신감, 이걸 깨부수고 도망가고 싶다는 누군가의 원망과 눈물, 그리고 이제는 삼겹살을 굽는 유니크한 발명품이 되었다. 강력한 마음과 만난 천기는 더욱 강력했다.

가호대원들이 혼비백산하여 사방으로 도망갔다. 파미는 자리를 지키라고 호통쳤다. 도망가려던 가호대원 셋이 도미노처럼 넘어졌다. 서로의 발과 발이 엉켰다. 뒤따라 도망치던 대원들도 마찬가지였다. 갑자기 휘청거리더니 넘어졌다. 땅이 요동치며 꿈틀거리기 시작해 중심을 잡기 힘들었다.

서로의 발이 문제가 아니었다. 얇고 붉은 것들이 그들의 발을 엮고 있었다. 파미가 확인하려고 다가가는데 다시 바닥이 크게 요동쳤다. 그제야 그들의 발을 엮은 것이 무엇인지 보였다. 지렁이였다. 지렁이도 밟으면 꿈틀한다는 속담에서, 꿈틀하는 건 지렁이가 아니라 땅이었다. 거대한 지렁이가 도망가려던 가호대원들을 묶어 던져 놓았다. 동시는 심한의 말이 생각났다.

"그냥 말이랑 똑같다고 생각해. 어떤 말은 흩어지고, 어떤 말은 비수가 되고, 어떤 말은 너무 엉겨 붙어서 문제고."

"천계인이랑 붙어다니더니 비법이라도 전수받은 건가?"

동시가 파미의 목소리가 나는 쪽을 바라봤다. 파미가 어깨에 주현을 끼고 있었다. 주현이 눈을 조심스럽게 뜬다.

"주현아! 선생님이야!"

주현을 두르고 있는 팔에 힘이 들어간다. 다시 천

기를 사용하려 하는데 처참하게 부서진 제사상과 널브러진 가호대원들이 눈에 들어왔다. 동시는 파미만을 공격할 섬세한 천기까지는 알지 못했다.

"사백스물셋이오! 사백스물네에엣이오!"

동시는 입 다물고 온천 가호대가 하는 짓을 지켜볼 수밖에 없었다. 차라리 눈이라도 감고 싶었지만 그것도 못하게 했다. 이제 온천이 된 구덩이 서쪽에 파미가 들어가 있었고, 그 옆으로 가호대원들이 양동이로 물을 끼얹고 있다. 주현은 구덩이 밖, 파미와 가장 가까운 곳에 묶어 두었다. 가호대 사무실에서 봤던 이사장이 우렁차게 숫자를 센다. 몸을 경건히 하고 왕은 700번, 중전은 300번 물을 끼얹는다는, 조선의 왕들이 목욕하던 방식이란다. 파미는 왕이 될 생각이었다.

짓이겨진 과일 때문에 초파리가 들끓었다. 동시는 천기가 어떻게 움직일지 가늠하지 못했기에, 섣부르게 주현이 있는 파미 쪽을 공격하지 못했다. 숫자는 점점 커졌다. 어떻게 한 번을 틀리지 않았다.

"육백아흐으은넷이오! 육백아흔다섯이오!"

아까보다 꽁꽁 묶인 동시 옆으로 초파리 떼가 날

아다녔다. 동시를 놀리듯 긁지도 못하는 얼굴에 앉았다 날았다 반복 중이었다. 알 수 없는 알고리즘으로 유튜브 쇼츠에 떴던 케이블타이에 묶였을 때 탈출하는 영상을 자세히 보지 않은 것을 후회하는 중이었다.

"칠배애애애애애액!"

드디어 700번이 끝나고 가호대원들의 경건하고 조용한 움직임이 펼쳐졌다. 얼굴이 벌개진 파미가 물을 헤쳐 동시가 올라가 있는 제사상 앞으로 가서 동시를 내려다봤다.

"주동화가 늦는군."

이들의 괴상한 행사의 정점은 천기운을 타고난 주동화가 나타나야 벌어질 참이었다.

"주동화가 얼마나 바쁜데. 당신 같은 사이비 말을 듣고 올 것 같아?"

"동생이 살인자가 되면 지 미래도 막히니까 오지 않겠어?"

파미가 손짓하자 가호대원들이 주현에게 이상한 옷을 둘러 입힌다.

"요즘 애들한테 그렇게 못생긴 옷을 입히면 어떡해!"

그러자 파미가 발끈한다. 아무래도 직접 골랐나 보다. 그러더니 못지않게 이상한 장갑을 꼈다.

"과외 잘린 거에 앙심을 품고 과외생을 납치해 살해. 너희 언니도 만족하지 않겠나?"

"날 밝기 전에 주동화 안 올걸? 그리고 아까 보니까 699번 붓더만."

파미가 숫자 세던 이사장을 향해 고개를 돌렸다. 사색이 된 이사장이 그럴 리 없다며 펄쩍 뛰었다.

"그리고 제사상이 이렇게 엉망진창인데 신이 소원을 퍽이나 들어주겠다!"

"이깟 과실보다 값나가는 제수가 있지."

파미가 한쪽에 쌓여 있던 종이를 집어 들어 온천물에 담근다. 그리고 동시의 얼굴에 얹는다. 순간 세상이 상아색으로 변한다. 숨 쉴 공간 없이 젖은 종이가 얼굴에 밀착됐다. 동시가 묶인 손을 버둥거린다.

"계유년 신미립 제물송신 천기영구 비나이다아아!"

손을 높이 든 파미가 크게 절한다. 가호대원들이 각자 제자리에서 납작 엎드린다.

10 캐스팅보트

숨도 정신도 희미해질 때쯤 얼굴에 붙은 종이를 거칠게 떼는 손길이 느껴졌다. 뇌에 산소 공급이 다시 되기도 전에 너무나 익숙한 톤의 익숙한 목소리가 들려왔다.

"야! 주동시! 정신 차려! 내 말 들려?"

동화는 동시의 눈을 뒤집어 까고 뺨을 때렸다.

"언니는 작아지지 마… 세상 모든 것이 작아지더라도…"

의지와 상관없는 깊숙한 말들이 튀어나왔다. 뺨을 치는 손이 매워지자 점점 정신이 들기 시작했다. 동시를 발견하자마자 온천을 가로질러 달려온 탓에 동화의 무릎 위로 바지가 다 젖어 있었다. 동시는 봤다. 다크서클이 얼굴 전체를 덮은 동화의 눈이 돌아 있는 것을. 원래 언니들은 지는 동생을 쥐 잡듯 잡아도 남이 건드는 건 못 참는 이상한 독점욕을 가진 부류였다. 호령은 동시에게 먼저 찾아왔다.

"너 이 새끼 무슨 짓을 하고 다니는 거야!"

"나는 언니의 전유물이 아니라고…"

파미가 다가왔다. 동화가 매섭게 돌아보며 소리를 질렀다.

"애를 데려다가 뭣들 하는 짓이야아아아아아아아아아!"

파미의 지시가 떨어지자 온천 가호대가 주동시 대신 주동화를 묶어 제사상에 올렸다. 낮까지 환자의 고름을 짜던 동화가 밤에는 제물이 되었다.

주동화는 상식적인 사람이었다. 평생 틀려 본 적 없었고 당연히 경찰에 신고하고 들어왔다. 어렸을 적, (짧은 기간이나마) 동시가 예뻐 어쩔 줄 모르던 때처럼 동생을 안심시켰다.

"걱정 마, 언니가 다 신고하고 왔어."

"언니이이…"

동시도 바보는 아니었다. 당연히 신고를 하고 들어왔다. 파미가 코웃음을 치며 두 번이나 경찰을 돌려보낸 대원들을 치하했다.

"주동시이이이이이!"

차라리 동화가 갔으면. 그때, 공사장 바깥이 시끄러워진다. 바퀴 굴러가는 소리가 끝없이 들린다. 상식적인 동화의 얼굴이 밝아진다.

건물로 가려진 북문을 제외한 동문, 남문, 서문이 차례로 열렸다. 비장한 공기가 감돌았다. 열린 문을 빼곡하게 채운 이들은 시장과 목욕탕에서 동시가 스쳤던 할머니, 할아버지 들이었다. 온천이 만든 증기 뒤로 뿌옇게 보이는 이들은 각자 취향이 담긴 파자마 차림에 각종 장바구니를 손에 쥐고 있었다. 머리엔 까치집이나 헤어 롤이 장착되어 있었고 기세는 장엄했다. 동문의 선봉에는 세종탕에서 만난 백겁 할머니가 걸어 들어왔다. 일순간 긴장이 흘렀다. 가호대원들이 어찌 해야 할지 허둥대는 사이 백겁 할머니가 탕 앞으로 걸어왔다. 그리고 조심스럽게 앉아 손을 물에 담갔다. 아는 물이었다.

"감히 조선 왕이 쓰던 물을 말리려고 해!"

내내 여유로워 보였던 파미의 인상이 잔뜩 구겨졌다.

"마르지 않는 온천이 왜 모두의 것이어야 하지? 의당 내가, 우리가 누려야 할 것이지!"

동시가 부른 사람들이었다. 초파리 천기를 이용해 온천을 지킬 수 있는 사람에게 온천을 지켜 달라고, 지맥을 접고 주파수를 맞추어 이야기를 전하게 했다. 동시 역시 초파리 천기엔 경험이 있었다. 새벽에 눈이 번쩍 떠진, 온천을 지키는 자들을 모았다.

진짜 온천을 수호하는 사람들이 물속으로 들어갔다. 말 그대로 물 만난 물고기였다. 주동시를 단련시킨 1호선을 직접 만든 사람들이었다. 그들에게서 안식처를 빼앗을 순 없었다. 더 이상 갈 곳 없는 사람들의 싸움이 이어졌다.

주동화는 자기보다 큰 주동시를 품에 안고 이 상황을 지켜보았다. 가호대원들이 줄줄이 패하는 모습을 보며 뒷걸음질 치던 파미가 그들 앞으로 달려갔다. 그리고 여전히 들끓는 초파리 한 마리를 잡으려 했다. 동

176

시가 언니 손을 풀고 파미에게 달려갔다. 파미가 초파리를 손에 쥐지 못하도록 한참 동안 몸싸움이 이어졌다. 매일 집에만 있던 동시는 20대 나이가 무색하게 파미와의 몸싸움에서 밀렸다. 파미가 겨우 초파리를 거머쥐었다. 힘없이 팔랑거리는 동시도 포기하지 않고 매달리자 파미가 손에 쥔 초파리를 입에 집어넣었다. 동시는 빨려 들어갈 것 같은 검은 입 속에 손을 밀어 넣었다.

"뱉어! 뱉으라고!"

파미는 구역질을 하면서도 계속 삼키려고 했다.

"먹게 둬."

동시가 파미의 입을 쥔 채 돌아봤다. 심한이었다. 파미가 꿀떡 초파리를 삼켜 버렸다.

"팀장님!"

동시가 벌떡 일어나 심한에게 달려갔다. 여전히 검고 펄럭이는 옷차림에 검은 까치까지 대동했다. 괜찮냐는 말에 답 대신 전에 백엽상에서 보았던 인형들을 쏟아 놓았다.

"마지막 남은 거 찾느라 힘들어 영생할 뻔했네."

파미의 얼굴이 붉다 못해 검게 변했다. 심한에게

달려들어 멱살을 잡았다. 아까부터 심한의 옆을 날아다니던 까치가 갑자기 높게 날기 시작했다.

"몇 년을 기다려 온 날인데 니 늠이 감히!"

"몇 년을 기다려 왔는데 진짜 천기도 못 찾지?"

까치가 날아다니다가 동시 머리에 턱 앉는다.

"쟤야, 척화비."

파미의 고개가 돌아갔다. 영문을 모르는 동화와 동시를 번갈아 쳐다봤다. 신미립 신미년의 아이가 아니라 그 아이가 세운 것. 동화는 제발 동생을 낳아 달라고 부모님을 졸랐다. 하나도 가지기 어려웠는데, 신미년의 아이가 원하니 신묘하게 새 가족이 찾아왔다. 척화비 천기를 간직한 아이의 탄생이었다. 어쩐지 영어 공부가 그렇게 싫을 수 없었다.

파미가 믿을 수 없다는 표정을 지었다. 다시 손을 뾰족하게 만들어 심한에게 달려들었다. 심한이 팔로 막자 피부에 갈라진 검은 틈으로 손이 쑥 들어갔다. 파미가 괴로워하며 손을 빼려 했지만 전신이 꼼짝하질 않았다. 심한이 손을 잡고 빼내자 파미의 피부가 녹은 채로 빠져나왔다. 심한이 동시의 머리 위에 있던 까치를 부른다.

"초연, 시작해."

까치가 파미 주위를 날며 울어 대고 귀에 무어라 속삭였다. 가호대원들과 함께 묶여 있던 파미는 경찰이 도착하기 전에 사라졌다.

경찰이 줄줄이 가호대원들을 잡아갔다. 백겹 할머니가 동시에게 알은체했다. 마침 장 전날이라 와 있어서 다행이었다. 동시는 백겹 할머니에게 다음에 성심껏 때를 밀어 주겠다 약속했다.

동생이 걱정되어 한달음에 달려온 동화는 동생에 대한 애정과 걱정이 담긴 말을 해 주고 바로 떠났다.

"똑바로 살아라."

경찰이 온천 가호대를 체포하고 시청 직원들도 급하게 나와 공사장이 북적거렸다. 소동은 온양온천을 독과점하려고 한 어느 호텔 사업자가 꾸민 일로 마무리됐다. 온천을 지켜 낸 시니어 온천 수호대에게 새로 생긴 노천탕을 며칠간 제공하기로 했다. 곧 남탕과 여탕을 나누는 공사가 시작됐다. 동시는 사람들 속에 죄 없는 마을 주민인 양 서 있던 세종탕 세신사를 지목했다. 김쌤딸이 손에 꼭 쥐고 있던 머리카락과 나무 비녀.

동시가 세종탕에서 봤던 비녀였다. 엮여 있던 머리카락과 함께 경찰에게 넘겨주었다. 비녀 없이 머리를 푼 세 신사가 잡혀갔다.

다들 제자리로 돌아가는데 동시가 가장 찾던 한 사람이 보이지 않았다.

김주현 어딨어.

동시는 가호대의 물건들 사이에서 주현의 휴대폰을 찾았다. 액정 끝부분이 깨져 있었지만 전원은 들어왔다. 부재중 전화와 문자가 쌓여 있었다. 잠금 화면은 동시와 함께 인생 네 컷 부스 안에서 찍은 사진이었다. 동시는 처음처럼 다시 사람들을 붙잡고 "이런 애 못 보셨어요?" 하며 다니기 시작했다.

한 시간을 넘게 걷던 동시는 닫힌 학교 교문 앞에서 자신을 보자마자 현수막 뒤로 숨는 형체를 발견했다. 현수막 뒤에 서 있는 주현에게 가로등이 비치고 있었다. 안도의 한숨을 쉰 동시가 '주현 어머니'에게 전화를 걸었다.

"지금 당장 주현이 데리러 오세요. 애 열심히 한 거 칭찬도 안 해 주고, 됐고요. 얼른 오세요. 지금 당장 안 오면 눈에 불을 켜고 사교육 시킨다고 소문낼 거니까."

동시가 전화를 끊었다. 현수막 뒤에 있는 그림자가 움찔했다.

"너 이러고 있으면 지나가는 사람들 기절해."

"…"

주현이 동시를 슬쩍 한 번 쳐다본 다음 바닥만 보고 있었다. 동시가 손을 끌어내 현수막 뒤에서 나오게 했다. 동시가 주현을 안고 토닥거리자 눌러 뒀던 울음이 터져 나왔다.

동시와 주현은 교문 앞에 쭈그려 앉았다. 같이 훌쩍거리던 동시가 입을 열었다.

"서울 애들은 이래서 싫다니까."

"뭐가요."

"너! 니 눈엔 여기가 아무리 서울보다 아무것도 없어도 달려가서 엎어져 눈물 흘릴 수 있는 풀숲 같은 게 있을 거라고 생각했어?"

그랬다. 혼자 있고 싶어 정처 없이 돌아다니면 아는 얼굴 하나는 만나는 동네지만 그렇다고 어딘가 달려가서 비련의 주인공처럼 엎어져서 울 수 있는 동산이 있는 동네도 아니었다.

"이제 가자, 집에."

"가기 싫어요, 집에. 나도 서울 싫어요."

동시가 한참 주현을 쳐다보다 말했다.

"미안."

"뭐가요?"

"서울 애들 싫다고 해서."

주현이 입만 삐죽거렸다.

"내가 처음 혼자 서울에 갔을 때 열아홉 살이었는데, 하루 종일 바짝 긴장하고 있었는데도 지갑이 없어진 거야. 당황했지. 그땐 카카오페이도 없었고, 인터넷뱅킹 신청도 안 해 놨단 말이야. 그래서 주머니에 3,000원 있는 걸로 전철 카드 하나 사서 1호선 끝까지 왔어. 방향 한번 틀리면 끝이다, 생각하면서. 역까지 엄마가 데리러 왔는데 보자마자 눈물이 나는 거야. 지갑 없어졌을 때 머리가 얼마나 하얘졌는지 너 모르지?"

동시한테 서울은 그런 곳이었다. 대뜸 막막한 곳. 주현이 대답 없이 동시의 얼굴을 쳐다봤다.

"근데 있잖아. 얼마 후에 지갑이 택배로 왔다? 신분증 주소를 보고 누군가 보내 준 거지. 물론 현금은

없어졌어도 보내 준 사람이 가져갔을 거라곤 생각하지
않아. 수고비 정도로 생각할 수도 있고. 그런 곳이야.
나한테 서울은."

주현이 입을 삐쭉댔다.

"선생님 나한테 화 안 났어요? 나 때문에 엄마한
테 혼나고, 오기 싫다던 집까지 오고."

"언니들은 원래 삘짓을 해도 한 번은 봐줘. 우리
언니처럼. ⋯선생님 언니가 해 준 말이 있어."

"뭔데요?"

"똑바로 살아."

주현이 자기를 지키는 법을 똑바로 찾길 바랐다.
동시는 다른 사람을 통해 자기를 지켜 와서, 다른 사람
이 없어지자 지키지 못했다. 동시는 주현에게 다음엔
부모님께 말하고 놀러 오라고 했다. 재밌는 건 없겠지
만 언니 보러 오는 셈치고.

주현을 돌려보내자 파란색 다마스가 슬슬 다가왔
다. 반가웠다. 교문 앞에 차를 세운 심한이 내려서 걸
어왔다. 동시는 할 말을 미뤘다.

"진짜예요? 온천물 700번 쏟으면 뭐 되는 거? 온양

온천에 천기가 있는 거?"

"머리에 물을 700번을 끼얹으면 왕은 아니어도 머리에 뭐가 스쳐 지나가지. 근데 물에 베였을 거야, 그 정도면. 그리고 천기는 무슨. 매일 새벽에 일어나서 자기 전까지 일하는 왕들이 휴가 오면 병이 낫지, 당연히."

동시가 고개를 끄덕였다. 마지막 질문이 남아 있었다.

"1이 왜 비는지 알려 줘야죠."

"학교 괴담."

"괴담이요?"

"범인이 너였잖아."

"내가 아무리 똑똑해도 알아듣게 말을 해야 알아듣죠."

"내가 천기 하나 숨기려고 학교 괴담 99개 짜고 이제 막 100개 완성하려고 하는데 주동시 네가 끼어들었어."

심한이 심혈을 기울여 만든 것보다 동시가 친구들에게 관심 끌려고 만든 괴담이 더 효과적이었다.

"내가 그거 짜려고 《시나리오 어떻게 쓸 것인가》까지 읽었는데 헛수고로 만들고."

동시는 글러브 박스 안에서 봤던 두껍고 낡은 책이 떠올랐다.

"그게 1이랑 무슨 상관인데요?"

"100개라는 숫자에 천기가 걸렸는데 네가 하나를 더해 101을 만들었잖아. 그리고 이제 알다시피 너는 타고난 천기가 있고. 그러니까 자꾸 1을 빼려고 한 거야, 천기운이."

동시가 다니던 초등학교는 하필 아산에서 제일 큰 학교였고, 새로 학교가 생길 때마다 학생들이 그리로 전학을 갔다. 그렇게 아이들이 지역 전역에 괴담을 직접 옮기며 천기는 제어가 안 되게 규모가 커져 버렸다. 수능 때가 돼서야 1의 저주가 시작된 것도 그나마 눌러 주던 학교를 떠나서 균형을 잃은 것이라고 설명했다.

"되게 억울하네. 안 믿을래요."

"그래도 좋고."

"아, 그럼 빨리 없애 줘요!"

"없애 준다곤 안 했는데, 알려 준다고 했지."

"그럼 이렇게 계속 살아야 된다고요?"

"아까 너랑 김주현이랑 부둥켜 우는 소리 누가 들

어서 괴담 하나 추가됐거든. 네 거는 없어질 거야."

괜히 어색했다. 심한도 헤어질 타이밍을 어떻게 잡아야 할지 몰라 하다가 경비 아저씨한테 학교 잘못 찾아왔다고 다른 학교 출신이었다고 메모를 남겨 놨다고 했다. 동시의 마음이 한결 가벼워졌다.

"잘 살아. 너 이름값이 비싸."

"이름값이요?"

심한은 많이 불릴수록 이름값을 사용할 수 있는 한도가 커진다고 했다. 이곳에서 유독 그들이 힘을 얻었던 이유도 온갖 곳에 온천이라는 이름이 붙었기 때문이라고. 그래서 이 지역에서 유일하게 온천을 이길 수 있는 존재는… 심한은 운동장 안의 칼 찬 이순신 장군 동상을 가리켰다. 파미가 자멸하지 않았다면 아마 최후의 순간에 도움을 청했어야 할 것이다.

이름값, 동시는 이름을 별로 좋아하진 않았다. 이름마저 주동화는 세상에 동화되고, 동생은 아니네, 하는 사람도 있었다.

"…이제 내 기억을 잔인하고 무자비하게 지우겠죠?"

"그런 거 안 한다고 했지."

186

누가 가르쳐 주지 않아도 본능적으로 알 수 있는 것이 있다. 바로 마지막 순간. 작별의 순간이 찾아왔다. 오래된 가로등의 주홍 불빛이 학교 앞을 밝혔다. 짧은 침묵이 조금 긴 침묵이 되고, 말 없는 두 사람 사이를 귀뚜라미 소리와 멀리서 들리는 자동차 경적 소리가 채웠다. 제법 서정적인 이별의 순간이 다가왔다. 동시는 성숙한 이별을 해 본 적이 없었다. 이별의 순간엔 '여름이었다'를 붙이며 언제나 장난스러운 끝으로 무게를 덜기 바빴다. 그걸 견디기엔 버틸 힘이 너무 약했으니까. 덥진 않았지만 바람의 온도가 높았다. 동시가 시선을 돌리자 며칠간 타고 다녔던 파란 다마스가 눈에 들어왔다. 운전석에 앉아 《시나리오 어떻게 쓸 것인가》를 읽는 심한의 모습이 보이는 듯했다. 책을 읽고, 넘기고, 또 읽는. 고등학생 동시가 파란 다마스 옆을 지나고, 중학생, 초등학생, 동시를 안고 있는 동시의 엄마가 지나가는데도 같은 책을 팔랑거리는 정심한 팀장이.

"그 책이요. 2편 나왔어요."

심한은 몰랐던 눈치다. 동시는 주머니에서 꺼낸 종이를 심한에게 쥐어 준다. 아산사랑상품권 1만원권 두 장이었다. 백겁 할머니가 동시에게 주었던 것이다.

"사 읽어요."

뭐라고 할 줄 알았는데, 그냥 곱게 손에 쥐고만 있었다.

"그래, 고맙다. 가."

동시가 자긴 집이 근처라며 먼저 가라고 보낸다.

"그래. …잘 살고, 다신 보지 말자."

서운할 만한 마지막 인사에도 동시는 아무렇지 않았다. 이미 심한이 한 말을 골라 믿는 방법을 알고 있었다. 팀장이 공백에 숨겨 둔 말을 잘도 찾아내는 팀원이었다. 천계와 연결된 차가 시동 소리도 없이 출발했다. 동시가 다시 익숙한 길에 섰다. 긴 그림자를 보며 골목을 빠져나왔다. 늦여름이었다.

* * *

익숙한 아파트 단지에 처음 보는 상가가 있었다. 이제 주민들에게 익숙해졌을 새 도색이나 현관 번호키 같은 것들이 동시에겐 튀어 보였다. 엘리베이터 안내문은 오늘 아침에도 보고 나온 것처럼 익숙했다. 동시가 자연스럽게 집 현관 문고리를 돌렸다. 문이 열리지 않았다. 비밀번호를 잊어버렸다. 괜찮다. 이제 모르면 벨을 누르면 된다는 걸 알기 때문에. 수많은 모르는 날을 지나 모르는 걸 들켜도 되는 세계에 도달했다.

문을 열자 잠깐의 호들갑과 오래된 편안함이 찾아왔다. 동시는 집으로 돌아왔다. 옷도 갈아입지 않고 어떤 말에도 답하지 못하고, 언니 침대에 그대로 쓰러졌다. 멀리 취객들의 목소리가 들렸다.

동시는 내리 하루를 잤다. 복숭아 트럭 소리와 내리쬐는 햇살, 밥 짓는 냄새에 눈을 떴다. 동시는 방에서 달려 나왔다. 아빠가 뉴스를 보고 있었다. 정확히는 뉴스를 틀어 놓고 모바일 게임을 하고 있었다.

"아빠, 태영이 괜찮대?"

대답 없이 아빠가 한 소리 하려는 태세를 취하자 동시가 엄마를 불렀다.

"엄마! 태영이 괜찮대?"

"김쌤딸? 퇴원했대! 괜찮대!"

뉴스가 흘러나왔다. 모 지역의 관광 온천을 독과점하기 위해 불법 건축을 한 조직의 우두머리가 붙잡혔다. 사건 현장에서 도주한 우두머리는 보령 진흙수

호연대에 의해 신고됐다. 얼굴에 진흙을 잔뜩 바른 우두머리는 특이하게도 열 갈래 물이 나오는 수도에 자신만 쓸 수 있는 물이 아니라면 세수를 하지 않겠다고 우기고 있다고 했다. 뉴스에 나온 우두머리는 생각보다 어렸다. 아마 어디로 튈지 모르는 천기운이 그렇게 만들었으리라. 그다음은 교수 출신이면서 정치인이면서 대통령의 최측근인 작가의 자서전 두 번째 권이 나왔다는 소식이었다.

그런 소식들이야 어찌 됐든 10년 만에 집에 온 동시가 대수롭지 않게 밥상에 앉았다.

"집밥."

예삿일처럼 밥을 먹었다. 동시의 방은 창고처럼 쓰이고 있었다. 다시 언니 방 침대에 가서 누웠다. 천장에 야광별이 있었던, 뜯어진 자국이 눈에 들어왔다. 동시는 과외 어플리케이션을 켜서 과외 가능 지역에 '서울 전체' 카테고리를 삭제하고, '충청남도 전체'를 넣었다. 더불어 '온라인 수업 가능'까지.

다시 단잠을 잔 동시가 언니 옷을 입고 밖으로 나왔다. 창 밖에서는 초등학생들이 소리를 고래고래 지르며 뛰어 놀고 있었다. 분명 10년 전 멤버와 다를 텐데 목소리가 저렇게 같을 수 있을까. 엄마가 동화 옷을 입은 걸 보고 괜찮겠느냐는 눈짓을 보내자 동시가 대수롭지 않게 답했다.

"어차피 걔 알지도 못해. 까탈스러운 척만 하지."

"별일이네."

웃는 엄마 옆으로 초파리 트랩이 보였다. 동시가 만든 것보다 훨씬 그럴듯해 보였다. 동시는 엄마의 어깨에 이마를 대며 말했다.

"세빈 씨."

"너 어떻게 알았어?"

동시가 새 이름을 부르는 게 쑥스러우면서도 싫지 않아 보였다.

"있잖아."

"할 말 있어?"

"초파리를 왜 잡기 힘든 줄 알아?"

세빈 씨가 동시를 빤히 쳐다봤다. 동시는 재촉하지 않고 답을 기다렸다.

"왜긴 왜야. 작고 빠르니까 그렇지."

"엄마는 모르는 게 없네."

작가의 말

이야기의 배경이 된 지역에 천기를 연구하는 비밀
단체는 존재하지 않습니다. 제가 알기로는 그렇습니다.

나고 자란 지역을 좋아해 왔고 여건이 된다면 계
속 살고 싶었습니다. 하지만 대체로 여건은 충족되지
않다가, 성인이 된 후 처음으로 온전히 한 해를 집에서
보내며 이 이야기를 시작했습니다. 작가의 말을 쓰고
있는 즈음 이곳에도 CGV가 생겼습니다.

글을 쓰는 내내 친구가 했던 말이 잊히지 않았습
니다. 누려 보지 못한 이상 무엇이 부족한지 알 수도
없다고. 이야기가 진행되며 많은 부분이 달라졌지만,
이곳에서 자라는 이들이 내가 사는 곳도 이야기의 무

대가 되는 경험을 해 보았으면 하는 마음을 잃지 않으려 애썼습니다. 저에게도 그것이 필요했던 것 같습니다.

완성까지 온전히 글쓰기에만 집중할 수 있게 도와준 나의 시작이자 이유인 엄마, 아빠에게 고맙다고 말하고 싶습니다. 아산, 천안, 조치원, 전주, 서울에서 자란 경험과 선생님 자녀로 자란 이야기를 기꺼이 나누어 준 친구들에게도 사랑을 전합니다.

거친 글을 읽고 도움 주셨던 이경희 작가님과, 책이 나올 수 있도록 애써 주신 안전가옥의 운영 멤버분들께 감사의 인사를 전합니다. 무엇보다 이야기의 시작부터 함께 고민하며 힘을 주신 윤성훈 스토리 PD님께 진심으로 감사드립니다.

마지막으로 이야기를 읽어 주신 독자님들께 감사드리며, 어디에 머물기를 선택하셨든 건강하시기를 바랍니다.

프로듀서의 말

　　한국콘텐츠진흥원과 안전가옥의 '2022 신진 스토리 작가 육성 지원 사업'을 통해 발굴된 신진 작가님들의 작품들이 안전가옥의 새로운 라인업 '노크'의 포문을 엽니다. 2022년 5월부터 3개월간, 단독으로 소설 단행본을 출간한 적이 없는 창작자들을 대상으로 모집했고, 제출하신 원고에 대한 심사와 면접 심사 등을 거쳐 여덟 명의 신진 작가님들을 선정하여 함께 프로젝트를 진행했습니다.

　　2022년 10월, 스릴러의 대가 서미애 작가님의 특강을 시작으로, 안전가옥 스토리 PD들과 일대일 멘토링이 진행되었습니다. 월 1회 현직 작가님들의 스릴러

작법 특강을 비롯하여 개별 작품 맞춤 피드백까지, 짧은 시간이지만 압축적으로 신진 작가님들의 원고를 갈고닦았습니다.

이번 프로젝트의 핵심 키워드는 '스릴러'로, 이 장르의 특징은 나의 평범했던 일상을 위협하는, 그래서 나의 삶이 변화할 수밖에 없는 지점을 긴장감 있게 다루는 것입니다. 이를 중심으로 다양한 장르와의 결합을 통해, 범죄 스릴러, SF 스릴러, 판타지 스릴러, 하이틴 스릴러 등 작품마다 차별점을 두었습니다.

《당신도 아는 이야기》는 천기누설이란 소재를 바탕으로 그것을 이용하려는 자와 그를 막고자 하는 자 그리고 이에 휘말린 어떻게 보면 평범한 주동시의 이야기를 다루고 있습니다. 사실 이건 여기까지 읽으신 독자분들이라면 다 아는 이야기이지요. 이 아는 이야기 아래에 작가님께서는 누구나 알았으면 하는 혹은 알아야 하는 이야기를 한 겹 더 배치하고자 했습니다. 바로 흔히 '지방'이라고 뭉뚝하게 그려지는 서울 외의 지역 혹은 개별적인 한 장소에 관한 이야기입니다.

우리는 어떤 곳을 말할 때 '공간'과 '장소'를 구별하지 않고 혼용하지만, 공간과 장소는 의미에 따라 구분

될 수 있습니다. 공간(space)은 물리적인 개념이고, 장소(place)는 사람들의 관계가 누적적으로 개입하는 곳으로, 쉽게 말해 텅 빈 '공간'에 사람의 경험과 감정 그리고 기억이 쌓이면 비로소 '장소'가 되는 것입니다.

《당신도 아는 이야기》의 첫 뼈대에서 많은 것들이 바뀌기도 하고 발전하기도 했지만 주 무대인 온양온천은 굳건하게 자리 잡고 있었습니다. 다만 그곳이 더욱 부각되어 우리가 모르는 공간의 이야기가 제대로 아는 장소의 이야기로 바뀔 수 있도록 작가님께서는 여러 차례의 우여곡절을 겪으며 나아갔습니다. 이 자리를 빌려 작가님께 감사의 인사를 전합니다.

더불어 부디 독자분들께서 다 읽으신 후에 즐거운 마음으로 가득한 '아는' 이야기가 되었기를 기원합니다.

안전가옥 스토리 PD

윤성훈 드림

노크 │ 06   **당신도 아는 이야기**

1판 1쇄 발행 2023년 4월 5일

지은이 김강물

기획 안전가옥
콘텐츠 총괄 이지향
프로듀서 윤성훈
         고혜원, 김보희, 신지민, 이수인
         이은진, 임미나, 조우리, 황찬주
퍼블리싱 박혜신, 임수빈
편집 손미선
디자인 박연미
서비스 디자인 김보영
비즈니스 이기훈
경영지원 홍연화

           펴낸이 김홍익
           펴낸곳 안전가옥
           출판등록 제2018-000005호
           주소 04779 서울특별시 성동구 뚝섬로1나길 5,
                헤이그라운드 성수 시작점 201호
           대표전화 (02) 461-0601
           전자우편 marketing@safehouse.kr
           홈페이지 safehouse.kr

        ISBN 979-11-93024-04-1 (03810)

        ⓒ 김강물, 2023

        이 책은 한국콘텐츠진흥원 2022 신진 스토리 작가 육성
        지원사업에 선정되어 발간되었습니다.